Amores Infernais

Amores Infernais

Melissa Marr
Gabrielle Zevin
Scott Westerfeld
Justine Larbalestier
Laurie Faria Stolarz

Tradução de
Celina Cavalcante Falck-Cook

galera
RECORD

Rio de Janeiro | 2011

CIP-BRASIL. CATALOGAÇÃO-NA-FONTE
SINDICATO NACIONAL DOS EDITORES DE LIVROS, RJ.

A541

Amores infernais / Melissa Marr... [et al.]; [tradução Celina Cavalcante Falck-Cook]. - Rio de Janeiro: Galera Record, 2011.

Tradução de: Love is hell
Dormindo com o espírito / Laurie Faria Stolarz - Abominável mundo perfeito / Scott Westerfeld - Mais ralo que água / Justine Larbalestier – Fan fic / Gabrielle Zevin – Perdido de amor / Melissa Marr
ISBN 978-85-01-09081-2

1. Conto juvenil americano. I. Falck-Cook, Celina Cavalcante, 1960-. II. Título.

11-0557

CDD: 028.5
CDU: 087.5

Publicado mediante acordo com *HarperCollins Children's Books*, uma divisão de HarperCollins Publishers.

Texto revisado segundo o novo Acordo Ortográfico da Língua Portuguesa.

Design de capa: Sergio Campante
Composição de miolo: Abreu's System

Direitos exclusivos de publicação em língua portuguesa
somente para o Brasil adquiridos pela
EDITORA RECORD LTDA.
Rua Argentina 171 – Rio de Janeiro, RJ – 20921-380 – Tel.: 2585-2000
que se reserva a propriedade literária desta tradução

Impresso no Brasil

ISBN 978-85-01-09081-2

Dormindo com o espírito

LAURIE FARIA STOLARZ

#

Acordo banhada em suor frio; um arrepio agudo, cortante, percorre minha espinha inteira e faz os dedos tremerem. Puxo as cobertas para perto dos ombros, sentindo o coração acelerar.

E noto aquela dor no meu pulso.

Acendo o abajur de leitura e observo o local dolorido. Outro hematoma está para se formar: um vergão vermelho e enorme em torno do meu pulso. Pego a caneta na mesinha de cabeceira e acrescento mais uma marca na contagem que venho fazendo durante as últimas duas semanas, desde que nos mudamos para cá; é a sexta vez que isso acontece.

Seis vezes.

Seis vezes em que acordei com um ponto dolorido no meu corpo.

Seis vezes em que me vi deitada na cama de olhos abertos, apavorada demais para voltar a adormecer.

Por causa da voz que assombra meus sonhos.

Desde que nos mudamos para cá, venho tendo uns pesadelos esquisitos. Neles, escuto a voz de um homem. Nunca vejo seu rosto. Só ouço a voz, sussurrando coisas que não quero escutar: que fantasmas existem, que preciso dar ouvidos ao que ele diz, que ele não vai me deixar descansar até que eu o obedeça.

Felizmente encontro forças para acordar. Mas é aí que ele me segura, tão forte que deixa uma marca.

Sei que parece loucura completa, e a princípio tentei encontrar alguma explicação lógica. Talvez eu tivesse torcido o braço durante a noite. Tivesse batido com a perna na quina da cama ou rolado e me deitado em alguma posição incômoda.

Tentei me convencer de que estava tendo aqueles sonhos por causa do estresse — de ter que me mudar de um extremo ao outro do país, trocando de escola e deixando todos os meus amigos para trás. Quero dizer, é preciso se adaptar primeiro, não é?

Mas agora sei que é mais do que simplesmente estresse. Porque, em meio aos vergões, às dores e às insônias e consequentes olheiras cada vez maiores sob os meus olhos, percebo que tudo está piorando.

— Brenda? — chama minha mãe, de pé à porta do meu quarto. — O que está fazendo acordada?

Escondo meu pulso no meio das cobertas, notando como o cheiro do homem, que lembra maçã e especiarias, continua impregnado nos meus lençóis.

— Você estava gemendo enquanto dormia — insiste ela.

Olho de relance para os números vermelhos como fogo do meu relógio digital. São 4h05 da madrugada.

— Deve ter sido um pesadelo — digo, dando de ombros e tentando acabar logo com aquilo.

Ela assente e brinca com a faixa do robe, parada ali na porta, até que finalmente se arrisca a perguntar:

— Não está ouvindo vozes de novo, está?

Observo-a com atenção, imaginando se vai conseguir aguentar a resposta, e concluo que não. Balanço a cabeça e nego, vendo sua expressão passar do nervosismo para o alívio. Ela solta a respiração e força um sorriso, ainda brincando com o robe e provavelmente se questionando sobre a minha sanidade.

Mas tudo bem.

Porque eu também me questiono.

Não é a primeira vez que meus pais me veem acordada no meio da madrugada. Não é a primeira vez que eles se queixam dos meus gemidos ou me lançam esse olhar assustado — aquele que diz que estou enlouquecendo.

Ou que notam meus hematomas.

O primeiro que apareceu foi em volta do tornozelo: uma grande área roxa com uns arranhões por cima. Na noite em que isso aconteceu, fui até o quarto deles, perguntando se tinham ouvido a tal voz também, imaginando se talvez alguém teria conseguido entrar na nossa casa — se aquela voz seria real, e não parte de um sonho.

Mas meus pais disseram que não, que não tinham ouvido nada. E pareceram ficar particularmente preocupados depois que meu pai, por insistência minha, terminou de revistar a casa; como se eles estivessem muito mais assustados *por minha causa* do que *junto comigo*.

— Quer que eu esquente um pouco de leite para você? — indaga minha mãe.

— Não, obrigada — respondo, ainda capaz de ouvir a voz do meu sonho. Ela soa sem parar dentro da minha cabeça, uma respiração vagarosa e ritmada que pronuncia as duas sílabas do meu nome, interminavelmente: *Bren-da, Bren-da, Bren-da...* — Eu só quero voltar a dormir — minto, vendo-me de relance no espelho da penteadeira. Meus olhos, normalmente de um verde brilhante, estão injetados e vermelhos. E meu cabelo está todo bagunçado, um ninho de cachos ruivoescuros puxados para cima e presos em um rabo de cavalo malfeito, porque não consigo nem pensar em como arrumar essa juba imensa e trabalhosa agora.

Porque nem sequer venho conseguindo dormir uma noite inteira desde que nos mudamos para cá.

— Boa-noite, mãe — murmuro, deitando-me de novo no travesseiro para acalmá-la; assim ela poderá voltar para a cama. Puxo as cobertas até as orelhas e cantarolo mentalmente uma musiquinha, na esperança de me acalmar.

Na esperança de abafar a voz dele.

Dois

No dia seguinte, na escola, o professor de francês, Monsieur DuBois, pede que os alunos formem duplas para um exercício de diálogo. Escolhi usar o nome Isabelle, e Raina, minha parceira, seria Marie-Claire. Começamos conversando sobre nossos passatempos e horários da escola, e então, quando o professor parecia totalmente absorto pendurando na parede umas fotos com vários tipos de queijo francês — e Raina e eu já havíamos esgotado todo o nosso vocabulário —, ela me conta (deixando o francês de lado) que no ano passado, em meados de dezembro, logo antes do baile do ensino médio, ela também tinha sido a aluna nova na sala.

— É um saco ter que mudar sua vida inteira de uma hora para outra — diz ela, formando com os cabelos castanho-café uma trança comprida e grossa de um lado da cabeça.

Concordo, pensando nos amigos dos quais havia me separado, e me perguntando o que estarão fazendo agora.

E se também sentem saudades de mim.

— Notei que ainda não tem amigos — continua Raina. — Vi você sentada sozinha na cantina outro dia. Isso é suicídio social, sabe. Se não fizermos alguma coisa para resolver esse seu problema, todo mundo vai começar a evitar você, como se fosse um bicho atropelado na estrada.

— Bicho atropelado?

Ela assente, ainda fazendo a trança, tentando incluir todas as camadas de cabelo nela, apesar do monte de presilhas que lhe adornam o alto da cabeça.

— É quando a vida social da pessoa acaba, entende? Sua carreira no segundo ano vai por água abaixo, principalmente agora, no meio do ano, sacou? Todos já estão por dentro.

— Por dentro?

— É — diz ela, os olhos castanhos levemente arregalados, como se fosse bizarramente chocante o fato de eu não entender o linguajar dela, principalmente porque agora estamos ambas supostamente falando a mesma língua. — Todo mundo já tem o seu grupinho. As pessoas vão achar que você gosta de se isolar. Quero dizer, a menos que *prefira* ficar sozinha...

— Nem tinha parado para pensar nisso, na verdade.

— Pois *devia* — diz ela. — Porque não tem muito tempo para se recuperar.

Sinto meu rosto contrair-se, estranhando aquela filosofia dela tanto quanto seu vocabulário.

— Quer a *minha* opinião? — indaga ela.

Abro a boca para mudar de assunto, falar do próximo dever de casa, mas Raina me dá a opinião dela de qualquer jeito:

— Por que ficar se torturando por causa de uma mudança infeliz para Massachusetts, a uma boa hora e doze minutos de distância de Boston? Isso se o trânsito estiver *bom*, né? Moral da história: você devia passar o dia comigo e com o Craig, fato.

No mesmo momento, um garoto de cabelos castanhos arrepiados e rosto sardento, que presumo ser o Craig, gira na carteira, dizendo:

— Alguém me chamou?

— Craig, esta aqui é a Brenda; Brenda, Craig — diz ela, fazendo as apresentações.

— *Enchanté* — diz Craig, fazendo um sotaque francês. — Só que meu nome é Jean-Claude até tocar o sinal.

Raina revira os olhos e depois explica a minha "situação" a Craig, transformando meu status de aluna nova em um diagnóstico social. Segundo ela, só tenho mais uma semana, no máximo, para deixar de ser considerada uma solitária, antes de ser permanentemente classificada como nerd excluída.

— Não liga pra Raina — diz Craig, percebendo claramente como estou sem jeito. — Ela tende a se deixar levar demais pela política social...

— E daí? — pergunta Raina, enrolando um elástico em torno da ponta da trança depois de conseguir que ficasse do jeitinho que queria. — Você sabe que eu estou absolutamente certa.

Craig dá de ombros e volta a falar comigo.

— E aí, o que decidiu? Mesa para *trois*, a partir de amanhã?

— Como você é chato — reage Raina, sem dúvida referindo-se ao fato de ele estar insistindo em falar francês.

— Tá bom — concordo sorrindo, certa de que esta é a primeira vez que me sinto até certo ponto normal, desde que me mudei para cá.

Três

Estou no meu quarto quando o relógio do andar de baixo soa 11 vezes, mas não quero ir dormir. Passo os dedos pelo pulso, notando como a marca vermelha havia adquirido um tom de roxo-escuro e como o nó no meu estômago ficava mais apertado a cada badalada.

Já terminei meu dever de casa, tomei meu banho e arrumei todos os livros na prateleira em ordem alfabética. Estou me esforçando para ficar acordada, mas depois de um comercial interminável sobre uma meia-calça que arrebita a bunda, uma minimaratona da série *Cops* e um programa de mais de uma hora promovendo as joias da QVC, já começo a cochilar.

Até que escuto alguém bater à porta.

— Entre — digo, achando que é minha mãe. Ela costuma vir ver como estou à noite.

Mas a porta não se abre.

Sento-me na cama e acendo o abajur da mesinha de cabeceira.

— Mãe... é você?

Ninguém responde.

Suspirando, levanto-me e vou até a porta. Tento girar a maçaneta, mas ela não se mexe, como se alguém tivesse me trancado por fora.

— Mãe? — repito, ainda tentando girar a maçaneta. Bato na porta, na esperança de chamar a atenção dos meus pais no fim do corredor.

Mas ninguém aparece. E a maçaneta não gira.

— Brenda — sussurra uma voz vinda de algum lugar atrás de mim. A voz *dele*, o que fala nos meus sonhos.

Viro-me para ver quem é, meu coração batendo com força.

— Está pronta para a nossa conversa? — continua a voz.

Olho de relance o quarto, mas não o vejo em lugar algum. E tudo parece diferente agora. Minha cama está coberta com lençóis azul-marinho em vez do rosa de apenas alguns momentos atrás. E as placas que ganhei nos últimos cinco anos por meu desempenho em natação e hóquei de grama penduradas nas minhas paredes foram substituídas por lembranças de jogos do time de hóquei Bruins: bandeiras, tacos de hóquei, cartazes.

Sacudo a cabeça, perguntando-me onde estou, sabendo que este não é meu quarto.

E que eu não devia estar aqui.

— Precisamos conversar — sussurra a voz. Sinto o bafo na parte de trás do meu pescoço.

Dou meia-volta e golpeio o ar para tentar afastá-lo, mas não há ninguém. E então o abajur da minha cama se apaga, mergulhando-me em completa escuridão.

Um momento depois, a lua projeta um feixe de luz pela minha janela, iluminando um canto do quarto, onde uma sombra se desloca ao longo da parede.

Volto a tentar a porta. Dou socos e pontapés nela, depois giro a maçaneta com toda a minha força.

Nada funciona.

— Não tenha medo — diz ele, entrando no feixe de luar e permitindo que eu o veja: seus olhos de um azul bem claro e o contorno de seus lábios. Ele deve ter a minha idade, uns 17 ou 18 anos no máximo, e é pelo menos 10 ou 12 centímetros mais alto que eu, com cabelos louros do tom de castanhas de caju.

Quando ele se aproxima, uma sombra se afasta da sua testa, revelando um corte, como se alguém tivesse batido nele com alguma coisa. A ferida é recente e profunda.

— Meu nome é Travis — diz ele. — E há muito tempo espero alguém como você.

Vestindo preto desde a camiseta justa no peito até as botas de sola de borracha que lhe adornam os pés, ele me contempla, implacável, seus olhos recusando-se a piscar.

— Alguém como eu? — indago.

Ele faz que sim com a cabeça e se aproxima mais um pouco.

— Alguém que possa me ver e ouvir. Faz tanto tempo que espero para ser escutado...

Tento recuar mais um passo, mas ali, entre ele e a porta, estou simplesmente sem saída.

— Desculpe pelo que fiz com o seu pulso. — Ele estica a mão para tocá-lo, mas retraio a minha antes que ele a alcance. — Não pretendia machucá-la. Estava apenas tentando me segurar em você, para que não acordasse e deixasse de sonhar. — Ele dá mais um passo, e agora está a apenas alguns centímetros de mim. — A vida é dura para nós, fantasmas. Não conhecemos nossa própria força, principalmente quando estamos tentando fazer contato físico com os que não estão dormindo, ou, como você, que estão quase acordando. É tudo uma questão de frequência e energia. Muito complicado. — Sorri.

Balanço a cabeça e procuro acordar. Acho que ele deve perceber essas coisas, porque logo após agarra meu antebraço.

— Por favor — suplica ele, o rosto profundamente sério. — Não me abandone esta noite.

— Não! — grito, recuando.

Ele volta a tentar agarrar meu braço, mas acordo por causa do meu grito.

— Brenda? — indaga meu pai, escancarando a porta do meu quarto.

Sentando-me na cama, tento recuperar o fôlego, mas noto como tudo no meu quarto parece normal de novo — as minhas cobertas voltaram a ser rosa, e minhas placas estão na parede novamente.

— Você está bem? — Ele examina o quarto em torno de si.

Faço um esforço para balançar a cabeça afirmativamente, embora sinta que estou tudo, menos bem — e apesar de ainda sentir um calor e um formigamento no meu antebraço.

Quatro

Na hora do almoço do dia seguinte, em vez de me sentar sozinha, aceito o convite da Raina e do Craig para me sentar com eles, o que definitivamente me deixa aliviada. Além do fato de não querer ser um bicho atropelado na estrada socialmente falando, estou precisando me divertir mais. Simplesmente não consigo parar de pensar no sonho de ontem à noite.

Queria ter alguém para conversar sobre tudo isso, mas é como quando minha irmã morreu. Tentei explicar o que sentia naquela época, também... Que eu *sabia* o que tinha acontecido... Mas ninguém entendeu.

E como poderiam?

Como alguém poderia entender uma coisa tão sem sentido? A visão da minha irmã, Emma, de uniforme completo de escoteira — aquele que ela sempre insistia em usar quando ia vender bolos e biscoitos caseiros ou nas reuniões da patrulha, e até mesmo dentro de casa. Ela estava havia seis meses inteiros em coma.

Mas ainda a vi naquele dia. Ela abriu a porta da frente da nossa casa, atravessou a sala para me dar um beijo de despedida e depois desapareceu, sem dizer uma palavra.

Eu *sabia* que era o fantasma dela que tinha aparecido para mim. Sabia que ela havia morrido. Quando tentei contar à minha mãe, ela se descontrolou, se recusou a acreditar em mim, disse que eu estava sendo cruel e insensível, inventando aquelas mentiras horríveis. Mas aí, nem cinco minutos depois, meu pai ligou do hospital e nos contou que Emma havia falecido.

Craig me passa uma tigela cheia de batatas fritas e molho ranch.

— Como vai? — indaga ele.

Raina franze a testa diante daquele gesto.

— Você quer mesmo deixar a menina enjoada no seu primeiro almoço conosco?

— Não, na verdade isso está com uma cara deliciosa — digo.

Craig parece gostar da minha resposta. Seu sorriso aumenta, mostrando um ligeiro, porém adorável, espaço entre os dois dentes da frente.

— Eu *sabia* que esta menina tinha bom gosto.

Acabamos trocando os almoços entre nós, como no primário. Um pouco das batatas dele por um pouco dos meus talos de aipo com manteiga de amendoim. E aí Craig sugere que saiamos os três juntos no fim de semana.

— Raina e eu podemos lhe mostrar a cidade — disse ele.

— Vai levar só cinco minutos — disse Raina, brincando e olhando de relance a mancha roxa no meu pulso.

Puxo minha manga para cobri-la e depois aprovo a ideia do passeio pela cidade. Terminamos fazendo planos para a noite de sábado, às 7 em ponto. Craig se oferece para vir me buscar, e é aí que lhes digo meu endereço.

— *Está brincando?* — engasga Raina, assustada, quase cuspindo seu leite sabor morango. — A casa do banho de sangue?

— Do que está falando? — pergunto, parando de mastigar sem nem terminar de engolir.

— Não é nada, não — diz Craig, tentando melhorar o clima. — Só o bom e velho...

— *Banho de sangue!* — grita Raina, terminando a frase por ele. — O corretor de imóveis não contou a história dessa casa pra vocês?

Balanço a cabeça, enquanto eles me dão os detalhes: um rapaz de 17 anos foi assassinado ali e a polícia encontrou o corpo no banheiro, o assassino foi o namorado da mãe dele.

— Parece que ele acertou o menino na cabeça — explica Craig. — O namorado da mãe usou um pé de cabra para agredir o cara, e ele caiu com toda a força contra a banheira de ferro fundido.

— Daí o banho de sangue — completa Raina.

— Que beleza — digo, pensando no rapaz dos meus sonhos, que tinha um ferimento na testa.

— Sério — continua Raina —, nem imagino como você consegue dormir à noite. Dizem que o lugar é superassombrado.

— Mas eu não consigo, mesmo — confesso, sentindo meu estômago dar um nó. — Quero dizer, não muito.

— Então isso explica tudo — diz ela. — Quero dizer, sem querer ser grossa, mas você está com umas olheiras que são verdadeiras bolsas, e não estou exatamente me referindo a Louis Vuitton.

— Grossa, você? Imagina... — suspira Craig.

Raina me entrega um bastão de corretivo, explicando que é "do bom", reservado só para depois das noites que ela vira estudando.

— E por isso nunca foi usado — esclarece Craig.

Enquanto eles continuam implicando um com o outro, volto a me recostar na cadeira, lutando para não vomitar as batatas ali mesmo.

— Tudo bem aí? — pergunta Craig, provavelmente notando minha expressão nauseada.

— É — brinca Raina. — Sua cabeça não vai começar a girar 360 graus no pescoço bem aqui na nossa frente, vai? Só me faltava cair vômito no meu molho agridoce.

— Eu preciso tomar um pouco de ar — digo, me levantando da mesa. Pego meus livros e saio correndo da cantina, ignorando o bastão de corretivo de Raina, já que obviamente vai ser preciso bem mais do que apenas maquiagem para resolver o que está havendo na minha casa.

E nos meus sonhos.

Cinco

Assim que chego em casa, jogo meus livros no chão e vou direto para o computador. Começo procurando nosso endereço no Google, e, na verdade, isso é tudo que preciso fazer. Aparece um artigo da *Addison Gazette* na mesma hora.

Fala da nossa casa, como finalmente foi vendida — para os meus pais —, depois de passar anos à venda. Pelo jeito, não somos a primeira família a morar aqui depois do famigerado banho de sangue. Duas outras famílias já moraram nesta casa antes, mas não demoraram muito para pular fora — a primeira família só ficou seis meses; a segunda, seis anos. Ambas declararam que à noite aconteciam coisas esquisitas aqui.

O artigo continua, contando a história da casa e o que aconteceu vinte anos atrás. Raina e Craig estavam certos. Um rapaz de 17 anos foi assassinado. Encontraram seu corpo na banheira depois de ele ter sido golpeado na cabeça com um pé de cabra.

— Travis Slather — murmuro, lendo o nome da vítima em voz alta. Sinto um gosto amargo na boca. Fecho os olhos, tentando me conter, lembrando do menino com quem eu havia sonhado na noite anterior.

Ele disse que se chamava Travis.

Segundo o artigo, Jocelyn, a mãe de Travis, estava em casa quando tudo aconteceu, mas o namorado também a espancara seriamente. A polícia descobriu-a escondida no armário do corredor do andar de baixo, quase morta. Continuo lendo os detalhes a respeito do assassino, que era mesmo o namorado da mãe de Travis, tinha ficha na polícia por violência doméstica e atualmente cumpre pena de prisão perpétua.

Olhei de relance para trás, fitando o quarto, conjurando as imagens do meu sonho — o equipamento dos Bruins e as cobertas azul-marinho —, sabendo que aquele devia ter sido o quarto *dele*, o que me instiga a procurar ainda mais informações.

Termino encontrando um site chamado "As casas mais mal-assombradas da Nova Inglaterra", e vou rolando a tela até que encontro uma foto da minha casa. Basicamente, parece a mesma de hoje em dia — mesma cor marrom, mesma escada de madeira, mesma caixa de correio metálica preta —, mas a árvore na frente dela está bem mais alta agora. E a janela do segundo andar — a do meu quarto — não está mais coberta com tábuas.

Aquilo me faz sentir arrepios.

Tento vários outros sites, procurando informações sobre fantasmas e casas assombradas, lendo todos os comentários — daqueles que alegam que os espíritos de Elvis, Marilyn Monroe e Kurt Cobain possuíram seus corpos — até finalmente encontrar alguma coisa que valha a pena.

É um site sobre assombrações em geral, declarando que fantasmas que assombram casas tendem a fazer isso porque não conseguem seguir adiante, porque têm que terminar de fazer alguma coisa aqui na terra. Eles se apegam a pessoas que têm algum tipo de percepção extrassensorial, contando com elas para acertar seus assuntos pendentes.

Para que os fantasmas possam enfim descansar em paz.

Um nozinho apertado se forma no meu peito só de pensar naquilo. Quero dizer, fora aquela única vez em que vi a Emma, eu nunca me considerei uma pessoa extra-alguma-coisa, quanto mais possuidora de poderes sobrenaturais.

— Brenda? — chama meu pai, abrindo devagar a porta do quarto. — Você está bem? Passou a tarde toda no quarto. Achei que talvez gostaria de assistir ao jogo comigo.

— Por que não me contaram? — indago, tentando ao máximo controlar o ritmo da minha respiração.

Ele escancara a porta.

— Não contamos *o quê*?

— Que este lugar é assombrado, que um menino foi assassinado aqui vinte anos atrás.

— Desde quando acredita em fantasmas?

— Desde que Emma morreu — respondo, sentindo minha mandíbula contrair-se.

Olhando de relance o corredor para ver se minha mãe estava por perto, ele me diz, fingindo que não me ouviu:

— O jantar vai estar pronto em meia hora.

Há uma regra tácita na minha família: a de que não devemos falar sobre Emma. Desde que ela morreu, cinco anos atrás, é quase como se ela nunca tivesse existido. Meus pais contrataram uma firma de mudanças para vir tirar tudo do quarto dela e transformaram o aposento em um escritório. Um escritório que ninguém jamais usou. Enquanto isso minha mãe caiu de cabeça no seu trabalho na fábrica de doces, pegando todos os turnos que podia para não precisar pensar. Nem passar tempo em casa. Para simplesmente se esquecer de tudo.

Melhorou um pouco com o passar dos anos, mas minha mãe nunca voltou a ser a mesma.

E acho que nem eu.

Em parte me sinto culpada pelo acidente que Emma sofreu. Ela tinha pedido emprestado os meus patins naquele dia, para poder praticar piruetas na entrada da garagem. Mas eu não emprestei, então Emma desistiu dos patins e foi andar de bicicleta. Foi sozinha até o parque e atravessou um cruzamento sem olhar duas vezes.

Nunca mais voltou para casa.

— Eu fiz uma pergunta — insisto, olhando firme para o meu pai. Ele se recusa a me encarar.

— Esta casa é muito boa, e as pessoas que moram aqui também são — disse ele, falando com a parede. — E ponto final.

— Ponto final coisa *nenhuma* — retruco, sacudindo a cabeça. — Por que não me contaram? Não viram que eu ia descobrir mesmo assim?

— Aqui em casa ninguém acredita em fantasmas — replica ele.

— Não — respondo. — *Vocês* é que não acreditam.

— O jantar é daqui a meia hora — repete ele, recuando e fechando a porta.

Digo-lhe que não estou com fome, mas provavelmente ele não me ouviu.

Porque já saiu do quarto.

Seis

Sem querer cair no sono ontem à noite, gastei as horas fazendo mais pesquisa na internet.

E descobri mais coisas sobre Travis.

Sobre como ele gostava de hóquei e de tudo que dizia respeito ao Bruins; como adorava acampar, até no frio. E como também precisou enfrentar uma perda imensa.

Seu pai tinha morrido de infarto quando Travis tinha apenas 7 anos, deixando o menino completamente arrasado.

Esse negócio todo — de o quão humano Travis parece em artigos de revistas e depoimentos, e de como parece que temos algo em comum — me mantém acordada durante todas as aulas, enquanto as perguntas giram na minha cabeça.

Agora, porém, no fim das aulas do dia, já estou mais do que exausta. Até os assentos rachados de vinil do ônibus me parecem confortáveis. Afundo-me em um banco mais para a traseira do ônibus e fico olhando pela janela, esperando o motorista finalmente chegar ao meu ponto.

E aí sinto algo roçando meu ombro. Viro-me para ver quem é.

É ele, sentado atrás de mim. *Travis.*

— Oi, Brenda — diz ele, os olhos azul-claros fixos em mim. O talho desaparecera da testa dele.

Minha boca começa a tremer e se abre, surpresa em ver como ele está bem, seus ombros largos, seu olhar intenso. Desviando o olhar, pergunto-me se alguém consegue vê-lo, mas parece que estamos sozinhos, que todos os outros alunos já desceram em seus respectivos pontos.

Ele se inclina para a frente e descansa a mão nas costas do meu banco, revelando os músculos do antebraço e a cicatriz no polegar.

— Você andou pesquisando sobre mim — diz.

Esforço-me para assentir e afasto a mão, com medo de que ele tente agarrá-la, como nos meus sonhos.

— Descobriu o que estava procurando? — continua ele.

Balanço a cabeça, em negação. Quando Emma apareceu para mim naquele dia, ela só tinha em mente um propósito: se despedir. Mas eu não faço a menor ideia do que Travis quer.

— O que você quer? — pergunto, imaginando como algo assim era possível, como pode ele estar sentado aqui, neste momento.

Ele sorri, como que achando graça da minha confusão.

— Antes de mais nada — diz ele, aproximando-se ainda mais —, o que eu *não* quero é machucar você. Mas preciso da sua ajuda, sim. — Sua mão desliza na parte de trás do meu banco, apenas a alguns centímetros da minha novamente. — Não posso obrigá-la a ficar comigo nos seus sonhos; foi burrice minha, obviamente não funciona. — E ele olha de relance para o meu pulso. — A verdade é que preciso que você *queira* ficar comigo, que *queira* me ajudar e me escutar. Não vou conseguir descansar enquanto não fizer isso.

Suspiro profundamente, pensando na minha irmã, Emma. De certa forma, também não estou descansando.

Travis engole em seco, me estudando com atenção.

— Também posso ajudá-la, sabe?

— Não preciso de ajuda nenhuma — digo, a voz trêmula ao pronunciar as palavras.

— Nenhuma mesmo?

Desvio o olhar rapidamente, evitando a pergunta, sentindo o calor da sua respiração no meu queixo. Ele tem cheiro de maçã assada.

Um segundo depois, o ônibus para no meu ponto.

Travis põe a mão sobre a minha, fazendo meu coração disparar dentro do peito.

— Vai me ajudar? — indaga ele.

Meus lábios estremecem, quando noto o desespero dele. Em parte quero dizer que sim; mas outra parte minha anseia por acordar daquele sonho e nunca mais dormir.

— Vai saltar? — pergunta o motorista.

Olho nos olhos de Travis, observando-o enquanto ele me fita, concentrando-me por um instante nos seus lábios cheios e pálidos e na tensão em seu maxilar inferior.

— Como é, vai ou não vai? — grita o motorista.

Um momento depois, sinto alguém me sacudir. Relutantemente abro os olhos e vejo uma menina loura de óculos verdes enormes de pé ao meu lado, tentando me acordar. Todos os que estão no ônibus se viram para me olhar, e há pelo menos vinte alunos ainda no veículo. O motorista do ônibus está me olhando furioso pelo retrovisor.

— Vai saltar? — repete.

Faço que sim, pego meu livro e desço do ônibus depressa.

Sete

Mais tarde, em casa, procuro adormecer para continuar meu último sonho, mas aquela visita de Travis deixou minha mente mais alerta do que nunca. Mesmo que, fisicamente, eu me sinta exausta ao extremo.

No café da manhã do dia seguinte, minha mãe me serve uma pilha de panquecas enorme, insistindo que eu preciso me alimentar, que ela e meu pai estão ficando preocupados com aquela minha palidez e com os meus olhos injetados. Mas depois de uma noite de talvez duas horas de sono, no máximo, não tenho apetite nenhum e termino brincando com a colher na poça de melado no meu prato, incapaz de parar de pensar em Travis.

E incapaz de ficar acordada.

Finalmente, após três garfadas e bons 15 minutos brincando com a colher, peço licença para sair da mesa e subo até o banheiro. Tranco a porta e sinto um arrepio nos meus ombros.

Não é como se eu nunca tivesse entrado ali. Mas desde que descobri o que aconteceu nesta casa, venho fugindo daquele cômodo como o diabo da cruz, preferindo o banheiro do térreo.

Olho de relance ao redor, perguntando-me como seria vinte anos atrás. Será que as paredes eram amarelo-claras, como agora? Será que as lajotas do chão eram as mesmas? A mesma torneira cromada?

E a banheira?

Olho para ela, meu coração batendo com tamanha força que quase consigo senti-lo nos tímpanos. Imagens daquele dia de vinte anos atrás passam pela minha mente, muito embora eu não estivesse lá na época; nem mesmo tinha nascido. Vejo o rosto de Travis e sua surpresa quando o pé de cabra o acertou. E o vejo caindo de cabeça contra o fundo da banheira de ferro fundido.

Viro-me para o outro lado, resistindo à onda de náusea que sinto ao pensar naquilo e notando que estou sentindo muito frio. A temperatura do cômodo deve ter caído pelo menos dez graus.

— Brenda? — chama minha mãe, batendo à porta. — Você está bem?

— Estou — respondo, olhando para o aquecedor sob a janela e me perguntando se está funcionando direito.

— Quer mais panquecas? — indaga ela.

Digo-lhe que não, achando incrível ela ainda perguntar isso. Será que ela não notou que eu nem terminei de comer?

Atravesso o banheiro para verificar a temperatura, estendendo as palmas das mãos para o aquecedor. Mas só sinto frio, um frio agudo e penetrante, que percorre meus ossos devagar e faz minha pele coçar.

No mesmo instante, algo toca minhas costas e sobe pela minha espinha, como uma cobra. Assustada, viro-me para ver o que é. Mas não vejo nada; não há ninguém perto da banheira ou da pia, muito embora pareça que há alguém me espiando.

— Mãe? — chamo, perguntando-me se ela ainda está do outro lado da porta.

Ela não responde.

Viro-me de novo para o aquecedor, dizendo que é só minha imaginação e que preciso me recompor.

As ventanas do aquecedor estão tão geladas quanto o banheiro. Eu me agacho e encosto o ouvido nele. Quero ver se consigo escutar o vento quente passando pelos tubos, mas nada — só silêncio.

Um momento depois, vejo algo brilhante entre as ventanas. Parece uma correntinha de algum tipo, talvez um colar. Tento enfiar os dedos entre as ventanas para puxá-la, mas a corrente está a vários centímetros de mim.

— Brenda — chama minha mãe, do outro lado da porta.

Inspiro profundamente. O cheiro de maçãs assadas está impregnando o ar.

— Travis? — sussurro.

— Brenda? — insiste minha mãe. — Acorde, AGORA MESMO! — E ela bate com alguma coisa em uma superfície perto da minha cabeça, com força. O susto com o barulho me acorda.

Não estou mais no banheiro. Estou na cozinha, à mesa, e minha cabeça está apoiada em um travesseiro de guardanapos. Há um prato cheio de panquecas diante de mim.

— Desculpe — digo, endireitando-me. Minha mãe está de pé ao meu lado, com uma frigideira na mão, a que ela obviamente usou para me acordar, batendo na mesa. — Devo ter caído no sono.

— Seu pai e eu estamos mesmo preocupados com você — repete ela.

— Desculpe.

— Está usando alguma droga? — pergunta minha mãe, com os lábios contraídos de raiva.

Balanço a cabeça, cansada demais até mesmo para refletir sobre aquela ideia ridícula dela. Em vez disso, pego minha faca de passar manteiga, peço licença para sair da mesa, desta vez de verdade. Sigo direto para o banheiro do segundo andar.

O aquecedor de ferro fundido está bem à vista. Exatamente como no meu sonho, está pintado de prateado, mas ainda dá para ver o verde sob a tinta prateada em alguns pontos onde a camada superior está descascando. Aproximo-me dele devagar, notando o frio no cômodo, sentindo os pelos dos meus braços se arrepiarem. Agacho-me e espio entre as ventanas.

E aí a vejo... a corrente do meu sonho.

— Brenda? — chama minha mãe, escancarando a porta. — Qual é o problema?

Minha boca, trêmula, se abre, mas eu não consigo dizer nada.

Os olhos de minha mãe se estreitam ao ver a faca na minha mão.

— O que pretende fazer?

— Minha correntinha caiu aqui — digo, por fim.

Ela assente, mas dá para notar que não está acreditando totalmente em mim. Mesmo assim, sai de perto, comentando como está frio naquele banheiro e que precisa verificar o termostato no térreo.

Depois de várias manobras, consigo retirar a corrente de dentro do aquecedor usando a faca de manteiga.

É uma corrente de liga de prata, com um pingente de coração. Passo os dedos por ela, notando que o fecho ainda está fechado, mas os elos se partiram. As iniciais JAS encontram-se gravadas na superfície do pingente, em letras manuscritas.

Meu coração acelera ao me lembrar de todos aqueles artigos na internet. O nome de batismo da sra. Slather é Jocelyn.

Aquela corrente devia ser dela.

Oito

Na noite de sábado, Craig e Raina me levam para um passeio pela cidade, que consiste em passar de carro pela sorveteria e pizzaria da rua Principal, a barbearia onde Craig corta o cabelo e uma quitanda que vende de tudo, desde ancinhos até legumes e verduras. Nossa última parada é em uma cafeteria, que, de acordo com Raina, é o lugar menos brega da cidade.

Sempre exausta, peço um café expresso duplo com uma dose extra.

— Está brincando? — protesta Raina. — A placa da porta diz *Stanley's,* não Starbucks. Aqui o café é o mesmo para todos.

Terminamos tomando um copo de café normal cada, e Raina nos leva até uma mesa no canto da cafeteria.

— E aí, por que é que precisa ficar tão acordada? — indaga ela.

— Como disse?

— *Um expresso duplo com mais uma dose de quebra?* — Ela ergue a sobrancelha enfeitada com um piercing, curiosa. — Achei que o problema fosse que não *conseguia* dormir à noite. Se tomasse uma bomba dessas, eu passaria a noite toda fazendo polichinelos no meu quarto.

— Isso eu queria ver — comenta Craig.

Tomo um gole do meu café nada saboroso, sabendo muito bem que *quero* dormir, mas uma parte de mim ainda tem medo do que vou ver, do que isso pode significar. E, mesmo assim, desde o meu sonho no ônibus dias atrás, desde que comecei a pesquisar sobre a casa e descobrir coisas sobre Travis, não posso evitar me perguntar se vou voltar a vê-lo.

Se ele vai agarrar minha mão.

E fazer meu coração disparar.

— Está pelo menos ficando mais fácil? — indaga Craig. — Dormir na casa nova, quero dizer.

Dou de ombros, pensando na correntinha que encontrei. Eu a escondi dentro de um tênis velho no fundo do armário, ao lado dos meus patins, aqueles que não quis emprestar a Emma.

Embora agora não caibam mais nos meus pés, venho guardando os patins desde aquele dia, incapaz de esquecer.

— Estava comentando com meus pais sobre a sua casa — continua Craig. — Eles são o que se pode chamar de gente do lugar, moram aqui desde que nasceram. Mas essa história toda de assassinato... É bem mais triste do que pensei.

— Mais triste que uma banheira ensanguentada? — indaga Raina.

Craig confirma.

— O que Travis estava tentando fazer naquele dia era evitar que a mãe fosse espancada. Pelo jeito, voltou para casa e viu o namorado dela enchendo-a de socos. Travis tentou distrair o homem, usando a si mesmo como isca. Quando a mãe foi ligar para a polícia, não conseguiu falar. Estava com muito medo do que o namorado ia fazer com ela, imagino. Terminou indo se esconder no armário do térreo, porque não conseguia suportar ouvir o cara batendo no filho.

— Que boazinha — comenta Raina.

Craig dá de ombros.

— Acho que ela enlouqueceu depois disso. Ficou se culpando. Pelo menos é o que o povo diz.

— Onde ela está agora? — pergunto.

— Ela também mora aqui desde que nasceu — responde Craig. — Mora em uma das casas atrás do lago. Pelo menos foi o que meus pais me disseram.

— Melhor tomar cuidado — diz Raina, sorrindo. — Você está começando a falar como gente do lugar também.

— Melhor falar como eles do que parecer um deles — diz ele, apontando para o moletom de Raina, onde se vê estampado um tubarão monstruoso, o mascote da escola, nadando acima das palavras "O Colégio Addison Ataca".

— Eu sonho com ele — digo finalmente, pondo fim àquela implicância dos dois.

— Sonha com *quem*? — pergunta Raina.

— Travis Slather.

— Hã... como assim? — indaga Craig.

Respirando fundo, conto-lhes tudo: como comecei ouvindo apenas a voz dele, que acordava com manchas roxas inexplicáveis, e que depois ele apareceu para mim em pessoa, recentemente, pedindo ajuda.

— Eu avisei que aquele lugar é amaldiçoado — comenta Raina.

— Mas talvez esteja sonhando com ele por causa do que já ouviu sobre o caso — diz Craig. — No seu lugar, eu provavelmente estaria tendo pesadelos também.

— Não é isso, não — digo. — Comecei a sonhar com ele antes mesmo de saber do assassinato, antes de ficar sabendo que a casa era supostamente assombrada.

— Então, o que precisa fazer para ajudá-lo?

— Sei lá — digo e balanço a cabeça.

— Pelo menos ele é bonito? — indaga Raina. — Porque ouvi dizer que ele era um gato.

— Lá vamos nós de novo... — diz Craig, revirando os olhos.

Mas não consigo deixar de sorrir diante desse comentário dela. Tento evitar ao máximo, mas meu sorriso aumenta e me aquece as faces.

Porque o menino é mesmo um *gato*.

Porque, de certa forma, mal posso esperar para revê-lo.

Nove

No meu quarto, visto o pijama — um camisão do Bruins com um shortinho de flanela — e bebo um copo de leite morno para dormir mais rápido. Antes de me deitar, abro a janela, permitindo que a brisa fria da noite entre no quarto.

O céu está incrível esta noite, com uma lua redonda imensa e estrelas aos montes. Abro as cortinas ainda mais, tentando ao máximo relaxar a cabeça pensando em coisas simples, como o jogo de hóquei de amanhã e torrada com canela no café da manhã, mas minha pulsação se acelera e a cabeça roda.

Porque só consigo pensar em Travis.

Dou um suspiro profundo e depois solto o ar durante cinco segundos, tentando parar de pensar nele, mas quando me viro Travis está sentado bem na quina da minha cama.

— Olá, Brenda — diz ele. — Estava me esperando, não estava?

Eu confirmo. Meu rosto fica quente.

— Ótimo, porque também estava esperando você.
— Ele fica de pé e estende a mão para mim.

Eu a pego e ficamos ali, nos entreolhando.

— Quero ajudar você — digo, notando como é quente a palma da mão dele.

— Tem certeza?

Faço que sim com a cabeça e olho de relance para a testa dele, onde o ferimento estava antes.

— Ainda está aqui — diz ele, acariciando o ponto da testa para o qual olhei. — Mas não é muito bonito, então eu o disfarcei; uma das vantagens de ser fantasma. — Ele sorri, tentando disfarçar.

— Ainda dói?

Ele assente, colocando a minha mão entre as suas duas mãos. Eu me derreto toda por dentro.

— Só vai fechar quando eu me curar.

— Espere aí — digo, louca para lhe mostrar a corrente. Vou até o armário e escancaro a porta.

Meus patins aparecem, bem visíveis.

Recuo, com as mãos trêmulas. Minha boca fica seca. Normalmente meus patins ficam embrulhados em papel pardo, atrás de uma mala, bem no fundo.

— Como eles vieram parar aqui? — murmuro.

— Brenda? — indaga Travis. — Você está bem?

Balanço a cabeça, perguntando-me como algo assim poderia ter acontecido. Será que minha mãe tinha arrumado meu armário enquanto eu estava na escola? Meu pai andou espionando meu quarto?

Travis se aproxima e passa os braços em torno dos meus ombros, ficando logo atrás de mim.

— São só patins — diz.

— Não — retruco, sentindo as lágrimas brotarem nos meus olhos. — Você não entende.

— Entendo, sim — murmura ele. — Entendo bem mais do que pensa. E são só patins. Não são *ela*. Não deviam representá-la.

— Foi você que fez isso? — pergunto, virando-me para ele.

— Não se aborreça. — Ele enxuga minhas lágrimas com a ponta da manga. — Só quero que seja feliz. Sua irmã também iria querer isso. E não pode ser feliz se está tentando esconder o passado em um saco de papel. Pense nos momentos felizes que passou na companhia de sua irmã quando quiser se lembrar dela. Não pense nos patins.

— Como sabe o que minha irmã quer ou não?

— Acho que tenho experiência nisso — diz ele.

Quero sentir raiva dele, mas não consigo. E por mais louco que isso possa parecer, é muito bom chorar. Depois que Emma morreu eu não tive permissão de demonstrar nem um pouquinho de emoção, e agora parece que não dá mais para segurar.

Travis fica ali me abraçando durante mais tempo do que qualquer pessoa jamais me abraçou, até todas as minhas lágrimas por Emma se esgotarem.

— Obrigada — digo, enxugando os olhos e tentando me recompor.

— De nada — diz ele, sorrindo e estendendo a mão para pegar a minha, apertando-a, depois passando por mim e entrando no armário embutido. Ele tira a correntinha da mãe de dentro do meu tênis velho. — Eu vi quando a escondeu. Isso foi um presente meu para ela no Dia das Mães. Ainda me lembro daquela manhã. Tentei fazer rabanada, mas acabou virando uma papa de pão. Acabamos comendo cereal. — Ele ri e passa o polegar sobre o pingente em formato de coração. — Mas enfim, dei isso a ela, com um buquê de flores silvestres. No dia em que fui assassinado, aquele filho da mãe arrancou o pingente do pescoço dela e o jogou do outro lado do banheiro. A corrente caiu em cima do aquecedor, mas ela não conseguiu encontrá-la.

— Sinto muito pelo que aconteceu com você.

Ele dá de ombros.

— É a vida, não é? Nada é certo. Como no caso do meu pai... pelo que todos sabiam, ele gozava de perfeita saúde. Mas, um dia, não voltou mais para casa.

Concordo, pensando que foi assim também com Emma.

— Você gostou da sua vida pelo menos?

— Eu tenho algumas boas lembranças. — E ele sorri de novo, olhando-me nos olhos. — Só me arrependo de uma coisa.

— E o que é?

— De não ter vivido o bastante para dizer à minha mãe que o que houve não foi culpa dela. Eu é que me ofereci para salvá-la, para distrair aquele cafajeste e impedir que ele batesse nela, porque eu quis. Foi minha opção.

— Mas você só tinha 17 anos.

— Eu sei.

— E não está revoltado?

Ele torna a dar de ombros.

— De que adiantaria isso? Minha mãe fez o melhor que podia, mas não era uma mulher forte. Sei disso. O namorado dela também sabia. Por isso é que a espancava. Além do mais, até se poderia dizer que a culpa foi minha. Se minha mãe era fraca demais para fazer a coisa certa, talvez eu devesse ter denunciado o cara antes de tudo ter acontecido.

— Acho que tem razão — digo, perguntando-me como ele pode ser tão generoso.

— Além disso — continua ele —, a vida é curta demais para ser vivida com tanta culpa. É o que minha mãe está fazendo agora, mesmo vinte anos depois, e isso é o que você também está fazendo, não é? Por causa da Emma?

Dou de ombros e desvio o olhar.

— Como sabe tanto assim sobre mim?

— Vivo nos seus sonhos, lembra? Sei tudo sobre você.

Assinto, ligeiramente decepcionada por isso ser um sonho, por eu ter que acordar no final.

— E aí, vai me ajudar? — pergunta ele, deixando a corrente cair na minha mão. — Vai levar isso para ela? Vai lhe dizer que não a culpo por minha morte?

— E o que vai acontecer se eu fizer isso? — indago.

Travis morde o lábio e toca o meu rosto. Seus dedos parecem veludo contra a minha pele.

— Vou poder seguir em frente.

— Foi o que pensei — digo, notando a decepção na minha própria voz.

— Mas quero passar mais tempo com você primeiro. — Ele passa os dedos ao longo do meu maxilar. — Quero vê-la o máximo de vezes possível antes que essa hora chegue.

— E quando vai chegar?

Ele afasta um cacho ensopado de lágrimas do meu rosto e chega um pouco mais perto de mim, seus lábios a apenas alguns centímetros dos meus.

— Faça você o que fizer — sussurra ele, fingindo não ouvir a pergunta —, não acorde agora.

Um momento depois, senti seu beijo. Seus lábios comprimiram-se contra a minha boca, fazendo minha pele pegar fogo.

— Não temos muito tempo — diz ele, depois do beijo. — Você vai acordar em breve. Já posso sentir.

— E agora?

— Agora eu te abraço enquanto ainda posso.

Ficamos deitados na minha cama, eu aninhada nos braços de Travis. Tento continuar dormindo, aproveitando aquele momento enquanto posso, mas o som dos pássaros piando lá fora me acorda.

Rolo na cama e procuro por ele. A correntinha da mãe dele está no travesseiro ao meu lado. Mas Travis não está em parte alguma.

Dez

Nos dias que se seguem, durmo sempre que encontro uma oportunidade, bebendo litros de leite morno, tomando café descafeinado e reduzindo o açúcar, carboidratos e qualquer coisa que possa me manter acordada. Raina me diz que está notando a diferença, mas atribui isso a suas dicas de maquiagem fenomenais e não ao fato de que vou cedo para a cama todas as noites e tiro sonecas durante o dia.

E ao fazer isso, passo tempo com Travis.

Nos meus sonhos, Travis e eu falamos sobre tudo — seus filmes prediletos dos anos 1980 (*De volta para o futuro* e *Curtindo a vida adoidado*), como eu gostaria de voltar a nadar, e como ele sente falta do sabor de sorvete de creme com calda de chocolate. Falamos de músicas que adoramos e lugares que visitamos. E também de lugares aonde nunca fomos.

Falamos até sobre Emma.

Enquanto meus pais nem mesmo permitem que eu toque no nome dela, Travis me escuta enquanto falo sobre o dia do acidente de Emma, os seis meses seguintes, durante os quais ela esteve em coma, e o dia em que ela morreu, quando o fantasma dela apareceu para mim.

— Penso nela o tempo todo — digo-lhe na nossa última noite juntos. — Penso em como ela seria agora, se nós seríamos amigas e se eu lhe ensinaria coisas, como fazer caramelo de açúcar amanteigado, que é minha especialidade culinária, ou como driblar na quadra de hóquei de grama. Só espero que ela esteja feliz... onde quer que esteja.

— Está — diz ele, puxando-me mais para perto. — Não precisa se preocupar com nada.

— Tem certeza?

Ele se afasta um pouco para me olhar. Segura meu rosto entre as mãos e me encara.

— Absoluta.

— Não quero perder você — digo, combatendo a vontade de chorar.

— Ainda temos este momento — diz ele. — É só não acordar.

— Vou fazer o possível.

Terminamos passeando à margem do lago, aonde ele e seu pai costumavam ir. Travis escolhe um lugar perto da água e estende uma manta grossa no chão. Sentamo-nos de frente um para o outro, de mãos dadas e pernas entrelaçadas.

— Gostaria que ficasse — murmuro.

Travis entrelaça os dedos nos meus, produzindo um formigamento quente e revigorante que sobe pelas minhas costas.

— Sempre estarei ao seu lado — diz ele.

— Mas não como agora. Não vou mais conseguir vê-la.

— Não seria justo eu ficar. Você tem que viver sua vida.

— Bom, talvez eu queira passar o resto da vida com você.

Travis sorri, roçando a testa dele na minha. Depois ele me beija, e seus lábios têm gosto de sidra quente.

— Sempre estarei por perto — cochicha ele, juntinho ao meu ouvido. — É só nunca dizer adeus.

Descanso minha cabeça no peito dele, as lágrimas escorrendo pelo meu rosto.

Continuamos a nos abraçar e beijar até o sol aparecer no horizonte, pintando uma faixa dourada na água... e eu acordar.

Onze

Pela janela do meu quarto, vejo o sol brilhando. Semicerro os olhos para evitar a claridade e me viro na cama, perguntando-me por que meu despertador não tocou, principalmente porque hoje é o dia em que planejei ir visitar a mãe de Travis.

Por volta das 10, Craig vem me buscar. Ele se ofereceu para me levar até a casa da sra. Slather. Apenas alguns dias atrás, contei a ele e a Raina toda a história — falei da corrente, da minha irmã Emma e de como meu relacionamento com Travis evoluiu de oito a oitenta em menos de uma semana.

— Está nervosa? — indaga Craig, parando diante da casa da mãe de Travis.

Estamos em um desses condomínios onde todas as casas, inclusive os arbustos em torno delas, são absolutamente iguais. A sra. Slather mora em uma casa de esquina. Há um carro enferrujado na frente e alguns jornais enrolados no capacho da entrada.

— Quer que eu vá junto? — pergunta Craig.

Faço que não com a cabeça e saio do carro, segurando firme a corrente na palma da minha mão. Há uma escada de dez degraus que leva até a porta. Subo-os devagar, tentando me acalmar, tentando fazer meu coração bater mais devagar.

No oitavo degrau, paro e olho para o carro de Craig. Ele faz sinal de positivo com o polegar para mim, e eu faço o mesmo, feliz por ele estar ali. E por eu ter conseguido chegar a este ponto.

Com os dedos tremendo ligeiramente, dou um suspiro profundo e continuo até chegar à porta. Finalmente, toco a campainha. Ouço alguém movendo-se dentro da casa. A porta se abre alguns segundos depois.

— Pois não? — pergunta uma mulher.

Ela é mais velha do que pensei, talvez tenha 60 e tantos anos, com cabelos prateados e boca torta.

— A senhora é Jocelyn Slather? — indago, ouvindo o tremor na minha voz.

— Quem é *você*? — Os olhinhos azuis minúsculos estreitam-se ao me fitar. As profundas rugas que os cercam são ramificadas como galhos de árvore.

— É que acho que estou com uma coisa que lhe pertence — digo, fingindo que não ouvi a pergunta.

A boca da velha senhora contrai-se, censurando-me.

— E eu acho que está falando com a pessoa errada.

Ela faz menção de fechar a porta, mas consigo impedi-la colocando meu pé na soleira. Depois mostro-lhe a corrente, deixando-a pender dos meus dedos diante do rosto dela.

— Onde encontrou isso? — diz ela, sem olhar diretamente para mim, mas sim para a rua, para ver se estou sozinha.

— Travis queria que eu lhe trouxesse isto.

— Quem é você? — repete ela.

— Sou amiga de seu filho.

— Mas meu filho já morreu. — Ela procura fechar a porta outra vez, mas meu pé ainda está no mesmo lugar.

— Por favor — insisto. — Quero dizer, sei que parece loucura, mas escute o que tenho a lhe dizer. Eu venho sonhando com ele.

Ela sacode a cabeça e entra na casa, me deixando parada à porta, dizendo que vai chamar a polícia.

— Espere aí, só um pouco — continuo, escancarando a porta.

A mãe de Travis apanha o telefone e faz a ligação.

E aí começo a contar tudo, todos os detalhes que Travis me deu — o Dia das Mães, a papa de pão em vez da rabanada, as flores silvestres e a corrente que o namorado arrancou do pescoço dela.

— Foi parar do outro lado do banheiro — conto-lhe. — A senhora a procurou por toda parte, mas não a encontrou. Estava dentro do aquecedor.

A sra. Slather para de discar o número da polícia e deixa o fone cair. Depois leva as mãos trêmulas à boca.

— Ele quer que a senhora saiba que não a culpa pela morte dele — continuo.

— Como sabe de tudo isso? — indaga ela, vindo na minha direção de novo.

— Eu sonho com ele — repito, esticando o braço e entregando-lhe a corrente.

Ela a pega e tenta dizer algo. Sua boca se move, formando palavras, mas nada sai.

— Sei que não faz sentido — digo —, mas talvez não seja preciso. Talvez a única coisa importante agora seja a senhora parar de viver se culpando.

E aí talvez eu faça o mesmo.

Doze

É tarde de sábado, três semanas inteiras depois da minha visita à sra. Slather.

E três semanas inteiras desde a última vez que vi Travis.

Estou sentada na Cafeteria Stanley's com Craig e Raina, e um copo grande de café está sobre a mesa à minha frente, uma vez que, por mais estranho que pareça, eu já esteja até começando a gostar do "chafé" aguado da Stanley's.

— E aí, como estão as coisas? — indaga Craig.

Dou de ombros, tentando parecer otimista. A verdade é que, fora a ausência de Travis nos meus sonhos, minha vida até que está suportável... como o café da Stanley's.

É estranho, mas me mudar para o meio do país, longe de tudo que pudesse lembrar Emma, a trouxe mais para perto. Ontem mesmo, quando eu estava preparando um pudim de caramelo na cozinha, acidentalmente disse o nome de Emma na frente dos meus pais, porque nós duas costumávamos ficar discutindo sobre quem ia lamber a colher, a tigela *e* as gotas secas de massa no balcão. E nenhum dos dois gritou comigo. Eles se entreolharam e, embora não possa apostar minha vida nisso, tenho certeza de que vi um sorrisinho querendo aparecer nos lábios de minha mãe.

Para ela — e para os dois —, isso é uma mudança e tanto.

Depois, mais ou menos há umas duas semanas, abri o armário para olhar os patins, vê-los pela primeira vez em cinco anos — brancos, com listras vermelhas dos lados, cordões cor-de-rosa cintilante e um arranhão enorme na frente, de quando eu caí enquanto dava uma pirueta.

Eu os tirei do armário e os coloquei na minha escrivaninha, para ser obrigada a olhar para eles o tempo todo. Depois de uns dois dias, deixei de ficar nervosa, e eles se tornaram apenas patins comuns. Nada além disso. E assim acabei doando-os para a Goodwill, optando por lembrar-me da minha irmã só pensando nas vezes em que fazíamos caramelo ou montávamos cabanas com os cobertores sob a mesa da sala de jantar.

— Você está com uma cara bem melhor — diz Raina, reposicionando uma das muitas presilhas que enfeitavam seu cabelo. — Quero dizer, eu já estava pensando seriamente em uma intervenção com produtos da Clinique.

— Bem, obrigada — replico, olhando de relance para minha imagem no espelho da parede atrás dela. Depois de ter finalmente posto meu sono atrasado em dia, não pareço mais um zumbi. Já não tenho mais olhos injetados em vez dos meus brilhantes olhos verdes. Adeus, pele cansada e pálida: ela está parecendo, até ouso dizer, luminosa, comparada à de apenas um mês atrás. E meus cabelos também não são mais o monte de cachos castanho-avermelhados sem vida caindo pelos lados do rosto. Agora estão parecendo bem mais soltos e naturais.

— E aí, já podemos dizer que sua casa está livre de fantasmas? — Craig sorri, expondo aquele espacinho charmoso entre os dentes da frente.

— Eu não iria tão longe — respondo, olhando para o meu pulso, onde não há mais mancha roxa. — Quero dizer, às vezes, quando menos espero, sinto que ele está por perto, sinto uma vibração, uma sensação, um cheiro daquele aroma condimentado dele.

Como no outro dia, quando estava acordando, eu podia jurar que senti alguém segurando minha mão. Alguns dias antes disso, quando estava me vestindo, pensei ter visto um taco de hóquei encostado na parede, mas, quando olhei para trás, tinha sumido.

— Então ele ainda está por perto — diz Craig, tentando esclarecer o assunto.

— De certa forma, acho que sempre vai estar.

— Nossa, que demais — diz Raina, apanhando um sachê de açúcar e tentando abanar-se com ele. — Alguma chance de ele ter um amigo morto solteiro?

Soltei uma gargalhada, perguntando-me se Travis estava me vendo agora, se está feliz onde está.

E se seu coração também está saudoso.

— Você devia ir a um desses programas de caçadores de fantasmas — diz ela. — Sabe, do tipo onde os médiuns ajudam a solucionar crimes e tal.

— Eu estou longe de ser médium.

— De que mais se pode chamar isso? Não é exatamente coisa de gente comum se comunicar com os mortos, muito menos namorar com eles. Como é que era isso, aliás?

Dou um sorriso imenso, só de pensar no assunto. Nele. Nosso último beijo perto do lago, nossos dedos entrelaçados e os lábios unidos.

— Bom assim, é? — indaga Raina, dando-me uma piscadela safada. — Preciso arranjar um fantasma, urgentemente.

— Verdade — diz Craig. — Porque ninguém que tenha pulsação vai querer namorar você.

Enquanto os dois continuam implicando um com o outro, recosto-me no espaldar da cadeira, notando que a palma da minha mão se aqueceu subitamente.

E sinto o cheiro de maçãs e especiarias me envolver.

Abominável mundo perfeito

SCOTT WESTERFELD

Um

Como na maioria dos dias, mal consegui chegar a tempo para a aula de Escassez.

Não era nem uma matéria de verdade, com nota e tal, de modo que só os puxa-sacos mais patéticos é que se esforçavam ali. O resto de nós só marcava presença e tentava não dormir. Ninguém queria ser *reprovado*, é claro, porque isso significaria repetir o curso: mais um longo semestre estudando todos aqueles sujeitos de outros séculos passando fome e adoecendo. Pelo menos história comum tem batalhas; Escassez era simplesmente deprimente.

Então, quando entrei e vi o que o sr. Solomon tinha escrito no quadro-negro antigo, soltei um gemido alto. HOJE É O ÚLTIMO DIA PARA ENTREGA DAS PROPOSTAS DE TEMAS PARA O TRABALHO FINAL.

— Esqueceu alguma coisa, Kieran? — perguntou Maria Borsotti da carteira ao lado, seu caderno de papel antiquado sobre a mesa, pronto para ser rabiscado.

— Isso *não é* justo — solto, deixando-me cair na carteira. Todos os trabalhos deviam aparecer automaticamente no headspace. Mas uma das regras do curso de Escassez era que todas as tecnologias decentes deviam ser evitadas. Exatamente como nossos infelizes e débeis ancestrais, precisávamos confiar apenas nos nossos cérebros ou, como Maria Borsotti, gravar glifos em polpa de madeira morta.

Aprender a escrever a mão? Para um curso do tipo passa ou não passa? Que nerd.

Eu tinha *pretendido* usar algum tipo de lembrete pessoal. Os temas de trabalhos finais eram escolhidos no esquema "o primeiro que chega é o que primeiro que chaga" (humor da Escassez = hilariante), de modo que as pessoas tinham entrado correndo no headspace no momento em que a aula tinha terminado na sexta e pegado as doenças mais fáceis antes que qualquer outra pessoa as escolhesse.

Nós devíamos "encarnar" alguma forma de doença antiga, passando as próximas duas semanas cegos ou coisa do gênero. Isso supostamente iria nos ensinar como eram as coisas antigamente; como se passar uma hora na aula de Escassez diariamente já não fosse em si uma coisa deprimente.

Só que eu tinha me distraído por causa da Barefoot Tillman, que viera falar comigo depois da aula querendo ajuda em uma excursão de acampamento na Antártica. É difícil dizer não à Barefoot, que tem uns 2 metros de altura e é a menina mais bonita da escola.

Depois de conversar com ela sobre macacões térmicos e pinguins, eu tinha me teleportado direto para minha eletiva de escalada nos Alpes. Isso deu início a um fim de semana cheio, sem doenças, nem guerras, nem escassez: compras com mamãe na lua, entrada no headspace para treinar língua antiga (minha aula de teatro era sobre *Hamlet*) e um domingo inteiro construindo meu hábitat no polo Sul para engenharia avançada. A única hora em que me lembrei daquela porcaria de aula de Escassez foi quando meu amigo Sho e eu estávamos simulando uma batalha e eu comentei: "Cara, mas as pessoas morriam como moscas naquele tempo, hein!" Mas aí o avião dele começou a me bombardear, e eu me esqueci de novo.

E agora já era segunda-feira, tarde demais para pesquisar qualquer coisa. Quando a aula começou oficialmente, o headspace saiu do ar: meu horário, os placares do campeonato antigravitacional, até a hora do dia, tudo sumiu. O mundo assumiu aquela aparência esquisita e monótona da aula de Escassez. Só uma camada de visão, nada para ver senão o sorrisinho convencido de Maria Borsotti.

— Pobre Kieran — disse ela.

— Me ajuda — murmurei.

Ela olhou para o outro lado.

— Pode *até* ser que eu tenha umas ideias sobrando...

O sr. Solomon começou pigarreando. Disse que era assim que se chamava a atenção das pessoas antigamente, porque elas viviam doentes.

— Bem, alunos, espero que estejam prontos para uma experiência revolucionária.

Gemidos baixos soaram em toda a sala.

Solomon ergueu as mãos para nos aquietar.

— Perspectiva é a palavra-chave das próximas duas semanas. Este trabalho não deve desanimá-los. Aliás, quanto mais entenderem como as coisas eram antes, mais satisfeitos ficarão com suas próprias vidas.

E era isto que o curso de Escassez realmente representava: uma forma de nos transformar todos em submissos agradecidos que nunca reclamavam de nada, nem mesmo de coisas irritantes, como, por exemplo, a aula de Escassez.

Maria chegou mais perto de mim e murmurou:

— Ah, que pena. Não estou conseguindo encontrar minhas anotações. Mas o sr. Solomon disse que tinha umas ideias extras.

Engoli em seco. Nosso professor tinha ameaçado escolher um projeto bizarro para quem não viesse com seu próprio tema. Peste bubônica, talvez. Ou pé de atleta, que parecia uma coisa boa, mas não era. Eu me senti como um desses garotos nerds que não conseguem arrumar uma dupla na aula de educação física e acabam tendo que correr em torno da quadra em vez de jogar uma partida antigravitacional.

— Quem quer ir primeiro? — indagou o sr. Solomon.

Várias pessoas ergueram as mãos, loucas para começarem seus trabalhos. Fiquei imóvel, meu cérebro desamparado trabalhando furiosamente, mas em vão. Solomon chamou Barefoot Tillman primeiro.

— Posso fazer o resfriado comum? — indagou ela.

Olhei para ela, irritado. Era por culpa da Barefoot que eu tinha me esquecido desse trabalho, e ela resolve escolher um *resfriado*? Depois de todas as penúrias e pandemias que tínhamos estudado naquele semestre? Até hoje em dia as pessoas ainda se resfriam, *de vez em quando*. Como no polo Sul, onde meu macacão térmico estava sempre congelado ao vesti-lo de manhã. Simplesmente insuportável. E "resfriado comum" parecia uma coisa bem mais patética do que um resfriado no polo Sul.

Um sorriso surgiu no rosto do sr. Solomon.

— Tem certeza de que quer tentar algo assim tão... desagradável?

Isso pareceu pegar a Barefoot de surpresa, e vi pelo sorriso presunçoso de Maria que ela já havia pesquisado esse tal de "resfriado comum", e se uma nerd como a Maria não queria aquilo, a Barefoot estava ferrada.

— Eu consigo — disse ela, blefando. Seus polegares se mexiam no ar com gestos inconscientes de manipulação do headspace, tentando encontrar mais detalhes. Conhecendo a Barefoot, ela não tinha passado do nome da doença. É o tipo de trabalho malfeito que a aula de Escassez devia lhe ensinar a não fazer, porque as pessoas costumavam morrer por conta da preguiça.

Naturalmente, a Barefoot mesmo assim estava bem mais adiantada do que eu.

— Então, muito bem — disse o sr. Solomon. — O resfriado comum é todo seu, srta. Tillman. Aproveite.

Outras pessoas levantaram as mãos.

O olhar de Solomon percorreu a sala aleatoriamente. Esse negócio de ter que levantar a mão era outra renúncia à tecnologia que tornava a Escassez extremamente frustrante. Era preciso esperar a sua vez em vez de poder discutir em diferentes níveis auditivos ou enviar textos para uma rede coletiva. Não admira que todos vivessem brigando naquela época, porque discutir qualquer assunto complexo em apenas um nível auditivo era como tentar sugar piche com um canudo.

Lao Wrigley esticou a mão mais alto do que todos na classe.

— Quero fazer sobre transporte físico. Sem teleportar. — E balançou a cabeça, para afastar os cabelos para um lado. — Meu pai me traz de avião pra escola todo dia mesmo.

— Como vocês são ambiciosos — disse Solomon, com um sorriso sádico no rosto, fazendo meu estômago revirar. — Mas e quanto às suas aulas nos outros continentes?

Lao folheou o maço de papel que tinha nas mãos, presunçosa. Não era tão certinha quanto a Maria Borsotti, mas sempre transferia suas anotações do headspace para a polpa de madeira antes da aula.

— Meus cursos na Ásia são todos pelo headspace este semestre, de modo que não tenho que usar o teleporte. Minha eletiva de mergulho é nas Bahamas, mas tem uma balsa de carga que vai até lá duas vezes por dia, e tem uns lugares para passageiros que não são mais usados.

O sr. Solomon assentiu.

— Excelente pesquisa, Lao, mas desconfio de que vai descobrir que os barcos são surpreendentemente vagarosos. Sabe quanto tempo demora a viagem?

Lao confirmou, solenemente.

— Duas horas inteiras, sr. S. Mas vou conseguir suportar, se seus antepassados conseguiam.

— E sua vida social, srta. Wrigley? Não vai poder ir a festas em Luna durante duas semanas.

Ainda muito séria, Lao uniu as mãos, entrelaçando os dedos.

— Para se aprender algo no curso de Escassez, é preciso renunciar a alguma coisa.

Revirei os olhos. Até parecia que Lao Wrigley tinha uma vida social supermovimentada, viajando pelo planeta inteiro. Até Maria ergueu uma sobrancelha, como se tivesse acabado de me mandar uma mensagem pelo headspace (era essa a única coisa legal em Escassez: fazia a gente perceber o quanto era possível se comunicar somente por meio de expressões faciais). Tivemos que nos esforçar para prender o riso.

O sr. Solomon assentiu e começou a procurar sua próxima vítima.

Meu cérebro estava a mil por hora. Não tinha me ocorrido que era possível renunciar à teleportagem para fazer o trabalho. Estava me concentrando nos clássicos:

doenças, penúria ou um membro paralisado. Talvez fosse mais seguro escolher uma tecnologia menos avançada do que deixar bactérias me envenenarem o corpo.

Tentei me lembrar de todos os problemas do mundo antigo. Nada de teleportagem (já escolhida). Sem intelispaço (claro, valeu). Trajes térmicos também não (morrer de frio no polo, nem pensar). Nada de limite de crédito garantido (e o que significaria isso, arranjar um emprego?). Todas as ideias me pareciam verdadeiros pesadelos.

Acho que era esse justamente o objetivo da aula de Escassez: não havia como *não* ser ruim.

— E aí, já teve alguma ideia, Kieran? — murmurou Maria.

Trinquei os dentes, percebendo de repente, desanimado, que meus antepassados tinham se esforçado ao máximo para solucionar como escapar à fome e aos ataques de leões e germes dos mais variados tipos crescendo dentro deles. Muito obrigado, antepassados, mas por que *eu* tenho que passar por essa tortura de novo?

Mas até que a ideia dos leões era meio legal. Imaginei se não poderia optar pela predação e pedir a algum fabricante para construir uma fera bem grande para me perseguir de vez em quando. Se bem que provavelmente meu professor de teatro não ia gostar muito se ursos da idade da pedra me atacassem enquanto eu ensaiava Shakespeare.

Solomon foi perguntando quais eram as opções dos meus colegas uma a uma, e à medida que as mãos iam se abaixando eu ia sentindo como se um nó estivesse se apertando cada vez mais dentro de mim.

Meu amigo Sho escolheu a fome, dizendo que achava que ia ser engraçado ficar magro. Sua bioestrutura não permitiria que ele morresse, afinal de contas, e antigamente as pessoas costumavam jejuar durante duas semanas o tempo todo. Solomon concordou, mas o fez prometer que beberia muita água.

Judy Watson escolheu analfabetismo, o que significava que ela podia apenas usar ícones e comandos verbais no headspace. Era uma forma excelente de sair pela tangente, porque muita gente nem fazia mais questão de ler mesmo. Tentei pensar em uma variação dessa ideia, mas nada parecia servir. Eu precisava continuar sabendo ler para poder aprender as falas de *Hamlet*.

A maioria dos alunos escolheu doenças: cânceres ou infecções, até alguns parasitas. Dan Stratovaria escolheu a cegueira do rio, para seus olhos serem consumidos durante as duas semanas seguintes. Solomon o deixou manter a visão no headspace para fazer os deveres de casa, e Dan andava planejando adquirir novos olhos mesmo, portanto essa foi outra opção bastante conveniente.

As únicas doenças das quais pude me lembrar foram as de nome engraçado, como tosse comprida, mas a ideia de passar duas semanas inteiras tossindo sem parar não me pareceu nada divertida.

— Você fica uma gracinha, assim nervoso — murmurou Maria.

O sr. Solomon voltou o olhar para o nosso lado.

— Maria e Kieran, o que estão debatendo com tanto interesse desde que a aula começou?

— É que o Kieran teve uma ideia formidável, sr. Solomon — disse Maria, e eu contive a vontade de lhe dar um chute.

— Sem dúvida, Maria — disse ele. — Mas diga-me qual foi a sua primeiro.

Maria simplesmente sorriu.

— Eu gostaria de suspender meus equilibradores hormonais.

Solomon assentiu, vagarosamente. Pelo jeito aquelas palavras faziam sentido para ele.

— Meio arriscado, aos 16 anos, não acha?

— Vai ser divertido descobrir como era ser adolescente naquela época — disse ela, dando de ombros. — Sempre me parece que era uma fase bem emocionante da vida, quando leio os relatos.

— Sim, era mesmo. Deixe os hormônios fluírem livremente, então. E qual é aquela sua ideia fantástica, Kieran?

Fingi não ver a expressão de Maria, mas estava claro que estava se divertindo muito.

— Bom, estava pensando em tentar alguma coisa... diferente.

— Maravilha. E o que seria isso?

O quê, não é mesmo? O *quê*? Tentei pensar em algo que me ajudasse em escalada, como medo de altura. Ou que me apurasse a técnica de sobrevivência na Antártica, como ulceração pelo frio. Ou que me ajudasse a entender *Hamlet* melhor, porque aquele período elisabetano era escassez pura, da pior espécie...

E ao pensar nisso, William Shakespeare veio ao meu auxílio.

— Sono — disse eu.

— Ah — disse Solomon, unindo as pontas dos dedos e parecendo gostar da sugestão. — Muito original.

— Claro, não estou querendo dizer dormir sem *parar* — acrescentei rápido. — Mas um pouco de sono toda noite, como antes. Que tal?

— Bom, não suponho que possa lhe permitir oito horas — disse ele. — Mas, contanto que consiga chegar à fase REM...

Fiz que sim com a cabeça, fingindo que tinha alguma ideia do que "REM" fosse, e pensando: *Oito horas de sono à noite?* Como é que as pessoas conseguiam fazer alguma coisa? Na maior parte dos meses, eu pulava minha uma hora de relaxamento cerebral.

Devo ter deixado transparecer um pouco de pânico, porque Solomon disse:

— Acho que alguns dos antigos dormiam só umas três ou quatro horas à noite. Talvez você possa *pesquisar* um pouco sobre o assunto.

Sorri, envergonhado e aliviado por ter escapado da peste bubônica.

Dois

Não é como se Kieran Black fosse bonito nem nada. Aquela mania dele de viver ao ar livre tinha um certo charme, aquele jeito de se teleportar para as aulas direto da Antártica, com estalactites presas aos cabelos, lábios ressecados pelos ventos congelantes. E naquele dia ele estava encantadoramente perdido, sem perceber que passar tempo no polo Sul já era em si um trabalho de escassez. Quem é que gosta de ficar do lado de fora suportando o frio hoje em dia, afinal?

De forma que, quando terminou a aula, decidi ter piedade dele.

— Precisa de ajuda? — ofereci. — Na minha unidade de biologia, temos um hamster que dorme.

Kieran olhou para mim como se achasse que eu estava de novo implicando com ele, mas depois concordou, balançando a cabeça de leve. Nossos projetos deviam começar de imediato, e ele provavelmente não sabia absolutamente nada sobre como pegar no sono.

Sho Walters passou correndo por nós e deu um soco no ombro de Kieran, de brincadeira.

— Trabalho maneiro esse seu, hein, cara? Só ficar deitado, sem fazer nada.

— Bem legal, né? — disse Kieran, devolvendo o soco. — Mas esquecer de comer também não é tão difícil assim.

— Mas acontece que eu *gosto* de comer! — gritou Sho, lançando-me um olhar engraçado ao sair no corredor.

Revirei os olhos, perguntando-me se esse trabalho de caridade extracurricular teria algum sentido. Sho vivia como se fosse uma burrice estudar, como se compreender alguma coisa fosse um exagero e esforçar-se fosse só para os certinhos. Se Kieran fosse assim também, eu não ia perder meu tempo tentando jogar charme para cima dele.

Mas aí ele resmungou:

— E eu não gosto de perder tempo dormindo. Tenho um hábitat na neve para construir.

Eu sorri. Um hábitat *na neve*? Talvez valesse a pena me esforçar por aquele menino.

À medida que os últimos alunos saíam da sala, a expressão de Kieran revelava que ele estava perdido.

— Então é só isso que se faz quando se dorme? Deitar-se e não fazer nada?

— É o que o Mikey, o hamster, faz — disse eu. — Ele respira, só isso.

— É, mas ele é um hamster. As pessoas não ficavam entediadas com isso?

— Ninguém consegue ficar entediado quando está inconsciente, bobão.

— Ah, sim, inconsciente. Como quando a gente faz uma cirurgia séria.

— Não, é como... — Balanço a cabeça. — Kieran, você não pesquisou nada sobre o sono, pesquisou?

— Pra dizer a verdade, não. Estive ocupado o fim de semana inteiro.

— Então, de onde você tirou a ideia do sono como tema do seu trabalho?

— É que estamos trabalhando em uma peça, sabe? Na história, tem um príncipe maluco que está pensando em cometer suicídio e vive dizendo que a morte talvez não seja tão ruim assim, porque ele acha que é como adormecer. — E deu de ombros. — Então achei que não devia ser tão mau assim.

— Você leu *Hamlet*? — perguntei, perplexa. Seria possível que Kieran Black tivesse um lado profundo? Ele tinha acabado de chamar o maior personagem da literatura de "príncipe maluco", verdade, mas mesmo assim, será que...

— Sim, eu sei ler — disse ele. — Não pretendia assustar você... Talvez pensasse que eu andava por aí pedalando um monociclo o dia inteiro, né?

— Ah, isso ia ser *tão* fofo!

Ele revirou os olhos para mim, depois olhou de relance para o headspace e suspirou.

— Melhor irmos andando. Durante as próximas duas semanas, vou desperdiçar três horas todos os dias.

Levei Kieran direto para a minha sala de aula de biologia, onde havia um hamster e uma máquina de customização de bioestrutura. Eu já tinha o programa que ia desligar meus equilibradores hormonais, uns aparelhinhos que nos mantêm calmas, contidas e monótonas o tempo todo.

Dramas da adolescência, aqui vou eu.

Algumas outras pessoas da aula de Escassez também já estavam lá, precisando da máquina para desligar suas defesas imunológicas e mecanismos de reconstituição dos órgãos. A Inteligência Artificial da máquina estava demorando uma eternidade, porque tinha que conferir as licenças e fazer simulações para ter certeza de que ninguém iria alterar sua constituição biológica de forma letal ou ilegal. E naturalmente Barefoot Tillman tinha conseguido chegar na frente de todo mundo.

Kieran foi andando como quem não queria nada até o hábitat de Mikey e olhou para o bichinho trêmulo e imóvel.

— Ele está dormindo agora?

Enfiando um dedo através do campo de confinamento, vi que Mikey o farejou.

— Não. Está só descansando. Está vendo que os olhinhos dele estão abertos?

Kieran esticou a mão, cuidadosamente, e acariciou o pelo do roedor. Mikey mexeu-se, depois voltou a acomodar-se.

— Olha só, os olhos dele se fecharam! Agora ele está dormindo?

Suspirei.

— Acho que leva mais tempo do que apenas dois segundos, Kieran. Nas histórias sobre o passado as pessoas às vezes não conseguem dormir nem um pouquinho, como se estivessem agitadas por causa de problemas emocionais. Chamavam isso de "rolar na cama".

Ele ergueu o olhar para mim.

— Como é que sabe de tudo isso, hein?

— Só de ler textos históricos, acho. Incrível como eles eram dominados pelas emoções naquela época. Viviam tendo ataques de insanidade temporária o tempo inteiro. — Continuei olhando ele acariciar as costas de Mike. — Só conhecer um cara ou uma menina bonitinha fazia as pessoas perderem o juízo.

— Mas isso ainda acontece — disse ele. — Esqueci este trabalho só porque a Barefoot Tillman falou comigo.

— Não estou falando *disso* — cortei. — A Barefoot é só uma distração, isso não chega aos pés do que acontecia. Naquela época, as pessoas discutiam e choravam durante horas, arrancavam os cabelos, rolavam na cama a noite inteira.

Ele riu.

— Puxa, devia ser um horror.

— Você não presta atenção em *nada* na aula de Escassez? Dor é uma coisa boa. Foi por isso que nunca foi curada.

— Ah, sim. É o jeito de a natureza dizer: "Tira essa mão do fogo, idiota!" — E, enquanto falava, Kieran erguia os dedos delicadamente, afastando-os do campo de confinamento.

Mikey parecia estar dormindo de fato agora. Pelo jeito, Kieran tinha um certo jeito para lidar com hamsters. Permiti que um sorriso aparecesse no meu rosto, já esquecida do aborrecimento com a história da Barefoot Tillman.

— É por isso que quer fazer esse negócio dos hormônios? — indagou Kieran. — Para ficar louca?

— Bom... não *totalmente* louca. Mas você nunca se pergunta como seria se sentir como eles naquela época? Principalmente as pessoas da nossa idade. Tudo era mais radical, mais... dramático. Quero dizer, por que é que você vai para o polo Sul e suporta todo aquele gelo de lá? Porque é uma coisa intensa, não?

Kieran estava olhando o hamster adormecido.

— É. Mas o frio não me faz perder o juízo.

— Mesmo assim, é uma coisa que ninguém mais sente. Não hoje em dia.

— Acho que tem razão. — Ele deu de ombros, sorrindo. — Mas vê se não fica louca demais e se afoga, hein, Maria. E tente não escrever poemas.

Fui obrigada a rir.

— Não se preocupe, vou tentar não dar uma de Ofélia. Isto é, se não conhecer nenhum príncipe maluco durante as próximas duas semanas.

A fila da máquina de customização estava encurtando. As pessoas foram saindo para as suas aulas daquela tarde, algumas dando risadinhas nervosas. Dan Stratovaria esfregava os olhos, como se tentasse sentir os vermes extintos havia muitos anos crescendo dentro deles.

Eu estava meio nervosa também, agora que estava para desligar meu controle hormonal. Durante as duas semanas seguintes, provavelmente iria passar um bocado de vergonha. Embora minha bioconstituição não permitisse que eu me matasse, havia sem dúvida o perigo da poesia...

— Vamos pesquisar um pouco — disse eu, ligando o headspace à toda, a sala de biologia e o hábitat de Mikey desaparecendo diante dos meus olhos. — Se não descobrirmos como funciona o sono, você vai passar a noite inteira rolando na cama.

Três

O primeiro problema foi encontrar o móvel adequado.

Quando cheguei em casa, perguntei ao meu pai se poderia sintetizar uma cama para o meu quarto. Ele imediatamente fez cara de sério e pediu para eu me sentar.

— Dezesseis anos ainda não é idade para ter cama no quarto, Kieran. Lembra quando conversamos sobre isso, como um ajustezinho na sua bioestrutura pode tornar esses sentimentos menos... persistentes?

Soltei um gemido.

— Não é pra isso, pai!

— Quem era aquela menina por quem estava obcecado no verão passado? Chrissy?

— Christine — disse eu. — E não tem nada a ver com meninas. É para um trabalho da escola.

Ele riu com tanta força, chegando até a dar tapinhas na coxa, que me senti envergonhado.

— Boa tentativa, filho!

— Verdade, eu juro. É para a aula de Escassez! — E comecei a explicar meu trabalho, mas como sempre o cérebro do papai desligou-se. Não havia aulas de Escassez na época dele, de maneira que ele nunca tinha entendido como eu podia ficar tão agitado por causa de um curso que não valia nota.

Depois de ouvir minha explicação, ele voltou a ficar sério.

— Kieran, diga a verdade. Está pensando em alguém especial?

Soltei um novo gemido. Não adiantava. Pelo menos minha mãe não estava ali por perto, o que teria me deixado duas vezes mais envergonhado.

— Deixa pra lá, finge que eu não disse nada.

— Tem certeza, filho? Sabe que pode contar comigo.

Revirando os olhos, fui para o meu quarto.

Por volta da meia-noite, resolvi me esforçar.

Uma pilha de casacões não é uma cama horrorosa. Era bem mais confortável do que o móvel de neve que eu estava construindo. Afundei nas fibras térmicas, fechando os olhos e tentando sentir qualquer mudança dentro de mim.

Já haviam se passado oito horas desde que Maria tinha desligado os nanometabólicos que mantinham meu corpo ativo 24 horas por dia. Durante as duas semanas seguintes, minhas células iriam dividir seu tempo da forma antiga: decompondo moléculas complexas enquanto eu estava acordado e construindo outras enquanto eu dormia. Não era tão eficiente quanto fazer as duas coisas ao mesmo tempo, mas também não era nada que eu tivesse que controlar conscientemente. Até Mikey, o hamster, era capaz de fazer isso.

Diminuí a iluminação do quarto para simular noite, depois deitei ali com os olhos fechados, esperando algum tipo de mudança.

Segundo o headspace, o sono tinha cinco estágios. No primeiro, não acontecia quase nada, como aquela sensação logo depois de uma sessão de relaxamento mental, quando tudo fica meio indefinido durante alguns minutos. O segundo estágio era exatamente como aparece nos filmes antigos: a pessoa fica deitada inconsciente, como depois de uma cirurgia, ou depois que se leva uma pancada na cabeça. Basicamente um desperdício de tempo, com a diferença de que não era possível entediar-se, o que era uma vantagem.

Eu não estava querendo muito chegar no terceiro estágio, que tinha umas interrupções esquisitas como sonambulismo, falar durante o sono, terrores noturnos e um negócio chamado "molhar a cama" (melhor nem perguntar). Felizmente essa parte em geral passava depressa, e depois vinham os estágios quatro e cinco, mas eu ainda não tinha parado para pesquisar todos os detalhes sobre esses estágios. Só esperava chegar ao primeiro naquela noite.

Então esperei mais um pouco.

E continuei esperando...

Não é que não tenha acontecido *nada*. Pensei em milhares de coisas, nas minhas falas do *Hamlet*, nas bobeiras do meu pai, na Barefoot Tillman de maiô, no Mikey, o hamster, em como a Maria Borsotti seria bonitinha se não fosse tão certinha. Mas não foi exatamente sono. Tive tantos pensamentos que foi o oposto de inconsciência; de repente, fiquei consciente de todos os sons no meu quarto, todas as preocupações na minha cabeça e, principalmente, de cada coceira e câimbra no meu corpo imóvel.

Não devia me mover, mas meus músculos viviam exigindo que eu me virasse para um lado ou para outro. No fim da primeira hora, já estava todo enrolado nos casacos e terminei jogando metade deles para o outro lado do quarto (será que era isso o tal "rolar na cama"?) Eu não tinha notado nenhuma inconsciência, mas depois comecei a me perguntar como é que alguém sabia que estava inconsciente, porque se a pessoa não estava consciente não podia perceber nada, o que fez minha cabeça começar a girar, com pensamentos e mais pensamentos e mais pensamentos.

Finalmente, me sentei, sem me importar se ia ser reprovado em Escassez; faria qualquer coisa para fugir daquele tédio esmagador de não dormir.

E aí percebi que minhas três horas já haviam quase terminado.

Só que não tinha *parecido* que tanto tempo havia se passado. Seria por que eu nunca ficara tanto tempo parado antes, e portanto não tinha nenhum ponto de referência para comparar a experiência? Ou teria sido porque eu tinha dormido enquanto rolava para lá e para cá, pelo menos um pouquinho?

Se tinha sido isso, até que era legal, quase como uma forma meio ridícula de viajar no tempo. Minha cabeça parecia meio zonza, mas eu sabia que uma lufada de vento antártico iria clarear a minha mente. Vesti um traje térmico e fui até o teleportador, pela primeira vez achando que aquele trabalho talvez não fosse ser tão horrível assim.

Foi só depois, naquele mesmo dia, que comecei a me sentir estranho.

Quatro

Kieran Black estava um lixo. Um lixo coberto de estalactites.

— Você está bem?

Ele estremeceu todo.

— Estou bem, sim, Maria. É que acabei de chegar da Estação Amundsen-Scott. Fica no polo Sul.

— Sério, Kieran?... Não brinca. — E estendi o braço por entre nossas duas carteiras, removendo uma minúscula estalactite que estava presa nos seus cabelos. O pingente deu-me um beijo gelado nas pontas dos dedos, depois derreteu-se na palma da minha mão.

— Aconteceu uma coisa esquisita comigo — disse ele. — Eu estava alisando a parte de fora do meu hábitat com um maçarico, quando comecei a me sentir estranho. Aí me sentei na neve, coisa que não se deve fazer no inverno de jeito nenhum. Fiquei sentado ali, e perdi a noção do tempo... até minha bioestrutura me alertar que eu estava para começar a ter úlceras de frio.

Meu queixo caiu.

— Está querendo me dizer que *caiu no sono*? Já?

Ele confirmou, e eu suspirei. Até Kieran Black estava mais adiantado do que eu. Eu ainda não tinha sentido nada, exceto talvez um pouco mais de irritação com a minha mãe do que o normal, porque ela havia *cismado* de implicar com todas as roupas que eu tinha posto naquele dia. Como se eu nunca estivesse a fim de me vestir toda de preto antes.

— Não tenho muita certeza — disse Kieran. Via-se uma beirada do traje térmico aparecendo sob a gola da camisa de Kieran, irradiando calor como se ele tivesse se esquecido de desligá-lo. As estalactites estavam se derretendo depressa. — Definitivamente não dormi muito ontem à noite.

— Mas dormiu *um pouco*, né? Como foi?

— Sei lá — disse ele, piscando. — Acho que, quando a pessoa adormece, não sabe que adormeceu. Então... não se pode comparar com nada.

Franzi a testa. Estava esperando que aquele trabalho do Kieran fosse torná-lo mais interessante. Mas pelo jeito estava só deixando o garoto meio lerdo.

Comecei a verificar se aquilo era normal, mas assim que ativei o headspace, ele desapareceu, e tudo voltou a se transformar na realidade nua e crua.

A aula de Escassez estava começando.

— E aí, como foi o primeiro dia de todos? — indagou o sr. Solomon.

— Vou precisar mudar o tema do trabalho, sr. Solomon — começou Lao Wrigley. — O que eu escolhi é perigoso demais.

Ela tinha falado sem levantar a mão primeiro, coisa que o sr. Solomon costumava corrigir. Mas naquele dia ele calmamente entrelaçou os dedos das mãos, como se estivesse esperando algumas reclamações.

— Perigoso demais?

— Demais! — disse Lao, agarrando os lados da carteira. — Tomei aquela balsa esta manhã e o oceano estava totalmente instável!

— Está se referindo às *ondas*, srta. Wrigley?

Barefoot Tillman, que vivia se gabando de seus estúpidos troféus de surfe, abafou uma risada, e eu sorri para Kieran. Ele não reagiu.

Sua expressão estava estranhamente pacífica, e ele nem mesmo se mexia à medida que as últimas estalactites de gelo se derretiam nos seus cabelos, as gotas rolando pelo seu pescoço e penetrando sob a sua camisa. Enquanto via aquilo, senti uma gota correspondente de suor escorrendo nas minhas costas, quente em vez de gelada.

Essa *sim* era uma sensação interessante.

— Sim, o oceano tem ondas — disse o sr. Solomon, paciente. — Mas os navios foram feitos para vencer as ondas. Tenho certeza de que não há perigo nenhum em atravessar o oceano de navio.

Lao sacudiu a cabeça.

— Ah, é? E por que é que, se os navios são tão seguros, existe uma palavra que descreve o ato de eles virarem de cabeça pra baixo?

— Como disse?

— *Soçobrar*, sr. Solomon! — disse Lao. — É uma palavra especial para descrever navios que viram de cabeça pra baixo. Eu verifiquei no headspace e não consegui encontrar nenhuma palavra pra trens que viram de cabeça pra baixo! Nem pra carros, nem aerodeslizadores, só para navios. Imagine!

— Srta. Wrigley, duvido que sua balsa de carga esteja correndo perigo de soçobrar.

— Mas isso é horrível! — E ela abaixou a cabeça, apoiando-a nas mãos. — E tem mais: eu fiz os cálculos todos errados!

— Cálculos?

— A viagem de ida leva duas horas, e a de volta *também*!

Um leve sorriso surgiu no rosto de Solomon.

— Mas naturalmente, srta. Wrigley. Esqueceu que tinha que voltar?

Ergui uma sobrancelha. Aquelas duas horas extras também teriam me escapado. Eu nunca tinha levado mais do que cinco segundos para chegar a qualquer parte do mundo. Até mesmo Marte estava apenas a uma distância de três minutos, com a teleportagem.

Lao olhou para cima, deixando de apoiar a cabeça nas mãos e engolindo em seco, e notei que a pele dela estava mais pálida do que o normal.

— Quatro horas todos os dias! E quando tentei ler um pouco de manhã, as ondas me fizeram sentir muito mal!

— Ah... — respondeu o sr. Solomon, assentindo. — Acho que você ficou mareada, era como chamavam. Se pesquisar no headspace mais tarde, provavelmente vai encontrar algumas correções antigas de bioestrutura que vão curar o seu problema. Seu trabalho de Escassez não tem restrições médicas, afinal de contas. — Ele soltou uma leve risadinha. — Mas não há como curar o fato de que precisa ir e voltar nessa viagem. Desconfio que vai ter que aturar isso. E os outros, como estão indo?

À medida que os outros iam levantando as mãos, eu olhava com mais cuidado para Lao. Estava notando agora que ela estava de uma cor definitivamente estranha. O rosto dela estava levemente azul-esverdeado em alguns pontos, como o mar. Será que era por isso que ela estava "mareada?"

Barefoot ergueu a mão.

— Meu resfriado comum está indo muito bem. Gostei do jeito que minha voz ficou depois que peguei o resfriado.

Franzi a testa. A voz dela estava mesmo meio abafada, áspera e baixa. Só a Barefoot mesmo para inventar um trabalho que a deixava ainda mais atraente.

Pelo menos Kieran não estava olhando para ela hoje. O olhar dele estava perdido nas profundezas negras do quadro-negro.

Ergui a mão.

— Sr. Solomon? Acho que tem alguma coisa errada com Kieran.

Ao ouvir seu nome, Kieran saiu do seu estado catatônico e me olhou com raiva.

— Não, estou bem.

— Só estou conferindo — brinquei, sorrindo e jogando todo o meu charme.

— Tenho certeza de que Kieran está só se sentindo meio diferente — disse o sr. Solomon. — Acho que o termo técnico é "sonolento." Mas todos vão se sentir bem mais estranhos à medida que seus trabalhos forem evoluindo. Hoje é só o começo, portanto pare de mastigar sua manga, Sho.

— Minha manga não é comida!

— Não, mas isso é irritante — suspirou o sr. Solomon, olhando de novo para Lao Wrigley. Ela tinha começado a produzir barulhos esquisitos e guturais, e seu rosto estava definitivamente verde, como as águas rasas do mar.

Olhei para o meu caderno em branco, os dedos fechando-se em torno da caneta.

"Verde como as águas rasas do mar", escrevi. As palavras pareceram-me delicadas e frágeis, escritas pela minha mão delgada. Todo aquele tempo passado aprendendo a escrever, e eu mal tinha anotado alguma coisa ao longo de todo o semestre.

De repente, senti vontade de cortar a superfície branca do papel.

Lao fez um barulho de quem estava se engasgando.

— Hum, talvez seja melhor terminarmos nossa aula mais cedo hoje — disse o sr. Solomon. — Ainda mareada. não é? Você e eu podemos ir direto ao Departamento de Biologia, Lao, e todos os outros tentem passar parte desta hora extra livre pensando em seus trabalhos. Anotem as mudanças interiores que forem observando.

Sorri das palavras dele, escrevendo:

"As minhas mudanças interiores..."

Precisava anotar um milhão de coisas.

Cinco

Que saco de projeto.

Além de perder três horas por dia, meu cérebro passava as outras vinte e uma absolutamente inerte. Durante a semana inteira eu tinha passado as aulas feito um zumbi daqueles jogos de luta do Sho. De repente todas as minhas falas do *Hamlet* sumiram da minha cabeça. Tentei explicar à srta. Parker que tinha sido culpa do sr. Solomon, mas ela disse que não havia desculpa porque antigamente os atores dormiam todas as noites.

É... só que eles *sabiam* dormir!

Portanto, à meia-noite, eu estava de novo olhando para a minha cama improvisada, paralisado pelas minhas emoções contraditórias. Por um lado, olhar para aqueles casacos embolados me fazia querer estrangular o sr. Solomon com uma das mangas forradas de lã. Mas, e ao mesmo tempo, e eu não sabia por quê, aquele monte de casacos me parecia divino. Não queria mais nada senão me deitar ali. Espasmos de tontura percorriam meu corpo.

Talvez naquela noite desse certo.

Deixei-me cair no monte, meu rosto aterrissando em uma gola de pelo artificial. Os pelos roçaram meus lábios de leve, enquanto eu respirava. Dei um comando verbal para apagar a luz, e em torno de mim fez-se silêncio...

Mas uma campainha de comunicação tocou, rompendo o encanto.

— Sim? — perguntei, suspirando.

— Sou eu — disse a voz de Maria. — Posso passar aí?

— Hã, não, agora não dá.

— Ei, você está parecendo meio... Ih, droga! Esqueci que horas eram. Estava dormindo?

— Ainda não — murmurei. — Talvez no estágio 1.

— Ai, desculpa — murmurou ela, sem desligar. Sua respiração flutuava invisível ao meu redor, aquilo na escuridão me acalmava.

Parecia esquisito isso, estarmos juntos no silêncio daquele jeito; então eu disse:

— Acho que hoje vai funcionar. Claro, também pensei isso na noite passada.

— Hum. Sua cama é confortável?

— Bom... — Eu não queria contar à Maria aquela conversa com o meu pai. — Não consegui ainda uma cama propriamente dita. Estou dormindo em um monte de casacos.

— Não tem cama? — E sua risadinha nervosa ressoou no quarto inteiro. — Espero que esteja de pijama, pelo menos.

— Pi... o quê?

E ela tornou a rir.

— Não se usam roupas normais para dormir, seu bobo. Para isso os antigos usavam roupas especiais. Tinham figuras sonolentas estampadas nelas. Não admira que não esteja funcionando.

— Não creio que seja esse o problema — resmunguei.

— Mas acho que nem todo mundo tinha pijama. Alguns se cobriam com uns panos chamados lençóis e dormiam nus.

— Ah, isso até que faz sentido. — E tirei a camisa. Assim ficava mesmo mais confortável, de modo que me livrei também dos sapatos e das calças. — Ah, agora sim, está bem melhor.

— Você tirou... — começou ela, mas aí prendeu a respiração.

— Hum-hum. Obrigado pela sugestão. — E me acomodei na pilha de casacos, a maciez das fibras térmicas e da lã contra minha pele. — Aqui no escuro é esquisito. Como se eu estivesse flutuando.

— Flutuando no escuro — repetiu ela devagar.

O vazio atrás das minhas pálpebras tinha se aprofundado, e eu estava me sentindo pesado, finalmente conseguindo me livrar da sequência incontida de pensamentos.

— É esquisito, sim. Como se o mundo estivesse se apagando.

— O mundo se apagando...

— O que está fazendo aí?

— Ah, só estava copiando umas coisas — disse ela. — Estou escrevendo um diário, sabe, com detalhes da minha experiência durante o trabalho.

— O Solomon vai adorar isso — murmurei.

— Não é pra *ele*. É só pra mim... Quer ouvir algumas das coisas que escrevi?

Devo ter soltado um gemido, porque Maria começou a ler para mim. Eram mais anotações feitas ao léu do que um diário, mais frases soltas tiradas de conversas, palavras que se repetiam e se enroscavam uma na outra, sem fazer sentido. Tranquilizadoras e sem sentido, como nuvens flutuantes de linguagem.

Mas fossem quais fossem suas anotações, o som de sua voz operou maravilhas. Foi como se um encantamento caísse sobre mim, a escuridão me levando rapidamente para o segundo estágio, o mundo finalmente se evaporando. Sem dúvida passei pelo terceiro estágio e mais do que depressa entrei no quarto, em rápida sucessão.

E mais tarde, durante aquela noite, sem sombra de dúvida mergulhei pesadamente no quinto estágio... durante o qual sonhei.

Seis

Depois que ele adormeceu, ouvi-o respirando durante muito tempo.

Até a minha pele parecia estranha, hipersensível sob minhas roupas aderentes, a cada lufada de ar. Enquanto estávamos conversando, eu tinha reduzido as luzes para que combinassem com minha imagem mental do quarto de Kieran, e agora a escuridão parecia palpável em torno de mim, uma coisa física, exercendo pressão contra minha pele faminta.

As páginas brancas do meu caderno brilhavam em minhas mãos, ainda exigindo atenção. Era como se o papel tivesse ficado mais sedento por palavras à medida que eu ia lendo as que já havia escrito.

Principalmente quando as lia em voz alta para um menino nu e semiadormecido.

Era capaz de imaginá-lo sobre o monte de casacos macios, vulnerável e perfeitamente imóvel. Enlouquecia diante do fato de ele estar tão longe, fora do alcance da minha pele torturada. Mas havia uma certa intensidade naquela ausência de contato físico, como se a distância amplificasse nossa ligação.

Meus hormônios estavam definitivamente se manifestando agora, começando a me modificar. Mas estar desequilibrada não era o que eu esperava; não tinha tido nenhum ataque súbito de loucura, nem revelações estarrecedoras. Era uma coisa quase sutil, como o bruxuleio do desejo que subia e descia com o som da respiração do Kieran.

Comecei a escrever de novo, tentando relaxar e diminuir a lenta pressão dentro de mim, transferindo-a para o papel. À medida que as palavras iam saindo, eu sentia um tremor aumentando dentro de mim. Levei um tempão para perceber que o som não estava dentro da minha cabeça, vinha da janela. A chuva tamborilava contra ela, tornando indistintas as luzes de outros arranha-céus.

Dei um pulo e pus a mão na vidraça, sentindo o frio e a condensação, e de repente quis sair, deixar a chuva me molhar. Era o que as heroínas apaixonadas sempre faziam nos velhos romances: corriam para fora e gritavam até liberar suas frustrações! (E depois adoeciam e quase morriam, mas eu podia pular essa parte.)

Fiquei contemplando a tempestade, soltando um gemido...

O apartamento da minha mãe não era como a casa antiga onde morávamos quando meu pai era vivo. Os arranha-céus não tinham portas dando para o exterior.

As pessoas iam e vinham pelo teleportador. Os jardins e gramados em torno de nós eram só para serem vistos, as montanhas a distância pertenciam todas a parques nacionais, proibidas e protegidas.

Abominável mundo perfeito.

Minhas unhas deslizaram pelas beiradas da janela, mas não havia botões para apertar, nem nenhum fecho, nem tranca. Eu só queria sentir a chuva nas minhas mãos! Só que janelas abertas eram perigosas demais.

O calor sob a minha pele estava muito pior agora; meus hormônios tinham farejado liberdade. Meu sangue sentia-se aprisionado dentro de mim. E ainda por cima eu estava ouvindo Kieran Black respirando outra vez, a chamada de voz ainda conectada.

Era como se ele estivesse dentro de mim, seu ritmo lento dentro da minha cabeça, invisível e antigo, interligando-nos.

Sentei-me no chão com o caderno, peguei a caneta e, com rápidos golpes, arranhei o papel com ela, ao escrever os seguintes versos:

Nesta torre sem portas,
Minha pele faminta pulsa,
Como sua respiração nos meus ouvidos,
Tão próxima, e no entanto...

— Ai, merda — gritei, olhando espantada para as linhas manuscritas desiguais. Eu não estava escrevendo diário coisa nenhuma... estava compondo *poemas*.

Precisava sair dali, ir para a chuva, respirar oxigê-
nio. Peguei meu casaco de novo e corri para o teleportador, verificando no headspace se existia algum lugar, *qualquer lugar*, onde estivesse chovendo. A Vigilância Meteorológica me informou que em Paris estava caindo uma tempestade, em Nova Déli estava chuviscando, e que uma monção estava se aproximando de Madras, todos esses lugares a cinco segundos de distância.

Mas hesitei dentro do teleportador; parecia errado ir para algum lugar a dez mil quilômetros de distância. Eu queria aquela chuva que estava *ali mesmo*, do outro lado da minha janela.

Foi então que vi os adesivos de evacuação em caso de incêndio na parede, mapas e procedimentos para quando os teleportadores falhavam. E sorri.

— Observatório — disse eu ao teleportador, sem querer subir trinta andares de escadas de emergência.

A imensa sala faiscou, aparecendo diante dos meus olhos. Estava vazia, claro. Nada para se ver naquela noite, através das janelas que iam do chão ao teto como rios de chuva escondendo as montanhas escuras a distância. As estrelas no céu tinham desaparecido, até a lua era um borrão indistinto...

A lua, borrão indistinto? Ai, céus... Eu agora já estava até *pensando* em versos!

Olhei em volta, procurando o piscar suave da luz vermelha que indicava a saída de incêndio, cobrindo os ombros com o casaco enquanto corria. A tempestade estava ensurdecedora aqui, a chuva fustigada por ventos de grandes altitudes.

SAÍDA EXCLUSIVA PARA EVACUAÇÃO, dizia o aviso na porta; nada poético.

Pousei a palma da mão contra aquela superfície fria de metal e mordi o lábio inferior, hesitando no último instante, com medo de desobedecer às regras.

— Certinha — disse comigo mesma, irritada. Exatamente o que Kieran Black pensava que eu era, com aquele caderno e aquela caneta da era da escassez, escrevendo para impressionar Solomon.

Bom, aquela porta era a saída do meu abominável mundo perfeito, uma porta que dava para calamidades e conflagrações, e que servia para ser usada quando tudo estava *pegando fogo*...

Empurrei-a com força e ouvi uma sirene estridente. Um lance de escadas frágil levava até o alto, e luzes fortes começaram a brilhar acima de mim. Uma voz gravada fez-se ouvir junto com o alarme, perguntando que tipo de emergência era aquela, mas fui subindo depressa até o topo, sem dar atenção à voz. Depois de dois lances de escadas, havia outra porta, sobre a qual viam-se vários adesivos avisando que atrás dela os ventos eram fortes, a temperatura, muito baixa, havia marquises sem grades de proteção, luz solar cancerígena sem filtração — todos os perigos incontroláveis do exterior.

Empurrei a porta cautelosamente, mas o vento invadiu o interior do prédio e escancarou a porta, causando um estardalhaço de metal contra metal. A chuva molhou tudo, encharcando-me. Por um momento aterrorizante, fiquei petrificada; a escuridão impetuosa parecia vasta e poderosa demais. Mas aquela voz calma, irritante, perguntando-me onde era o incêndio, me fez sentir mais vontade ainda de sair.

O vento ficava mais forte a cada passo que eu dava. A alguns metros da porta, o vento arrancou-me dos ombros o casaco, que desapareceu na escuridão. Gotas meio congeladas desciam do céu escuro, batendo no meu rosto e nos meus braços nus, alimentando minha pele faminta.

Abri as mãos para sentir a chuva batendo contra minhas palmas e abri a boca para beber a água gelada, rindo e desejando que Kieran Black estivesse ali ao meu lado.

Dois minutos depois, os seguranças chegaram e me levaram de volta para casa.

Sete

— Mais DRAMATICIDADE, gente! — gritou a srta. Parker.

Todos simplesmente olharam para ela, baixando as espadas. Já estávamos ensaiando aquela cena havia horas, tentando fazer o bloqueio direito. O grande culpado era William Shakespeare; é bem difícil trocar duas espadas no meio de uma luta *por acaso*. Fala sério!

O assim chamado "exército", que estava esperando nos bastidores, impacientou-se. Toda vez que se preparavam para entrar marchando como se estivessem em uma batalha a srta. Parker intervinha, reclamando da nossa falta de dramaticidade. Uma pena ninguém ter escolhido morrer envenenado como trabalho de Escassez. Eles podiam ter nos mostrado como fazer...

— Intervalo — disse ela, finalmente, aborrecida.

Todos foram para a sala de estar ou até os teleportadores, mas eu embainhei a minha espada e deslizei para baixo da beirada do palco, escalando por entre as cadeiras vazias. O silêncio ali era um alívio das falas esquecidas, do bloqueio improvável e das exigências da srta. Parker, querendo que fôssemos mais *dramáticos*.

Sentei-me na última fila, a algumas poltronas do corredor, e inclinei a cabeça para trás. Meus olhos se fecharam automaticamente, e senti a escuridão calmante envolver-me.

Dormir, como descobri, era fantástico. Eu estava dormindo seis horas por noite agora, além das sonecas. O tempo perdido estava acabando com as minhas notas, mas eu adorava perder a consciência e ficar sem pensar.

E o tal príncipe maluco estava errado em se preocupar; o sono no quinto estágio não era nada ruim. Possuía toda a dramaticidade que nossa produção não tinha, e eu estava profundamente viciado nele.

Desde a primeira vez que eu tinha dormido para valer, Maria lia para mim todas as noites. Aliás, essa era uma tradição dos velhos tempos, chamada "histórias de ninar", segundo Maria. E embora o diário dela fosse composto só por frases soltas, ela conseguia criar histórias na minha cabeça. O som da voz dela fazia os sonhos acontecerem.

Parecia até fala de Shakespeare, naquele inglês antigo, usar a palavra "sonhos" para se referir ao quinto estágio. Aquela velha definição tinha desaparecido junto com o próprio sono. Hoje em dia as pessoas só "sonham" com casas maiores ou em ficarem famosas.

Eu, porém, vivia imaginando qual seria a relação entre os dois significados. Será que eu realmente *queria* alguma coisa que via durante o sono REM? Será que me arriscaria em realizar o que fazia lá ou devia manter tudo seguramente oculto nos meus sonhos?

— Kieran? — sussurrou alguém, bem ao meu lado.

Dei um pulo, meus olhos abrindo-se na mesma hora.

— Assustei você? — indagou Maria, baixinho.

— Ah, desculpa — disse eu, piscando, e imaginando por um momento se aquilo seria real ou não. — Estava só cochilando.

— Demais — disse ela, seu sorriso cintilando sob as luzes do palco. — Como é que vai o Bardo?

— A srta. Parker quer mais dramaticidade na peça — expliquei, suspirando. — E não sei como vamos fazer isso, a não ser que um furacão arranque o telhado.

— Ahhh — disse ela, respirando suavemente. — Um furacão seria divertido.

Sorri. Ela havia me contado como tinha ido até o teto do edifício e dançado lá, e como sua pele tinha fome, e tudo isso estava penetrando nos meus sonhos.

Ela chegou mais perto de mim, respirando junto a uma das minhas orelhas.

— Tenho uma pergunta para lhe fazer.

— Não precisa cochichar — disse eu. — Estamos na pausa entre os ensaios.

— Mas eu gosto de cochichar. Torna tudo mais... emocionante.

Um arrepio percorreu meu corpo.

— E por falar nisso — disse Maria, voltando-se para o palco vazio, onde as luzes estavam mudando de cores, desde vermelhas, para a luta de espadas, até o azul, para os monólogos. — Esta noite, quando eu ler para você... talvez seja melhor ler no seu quarto. Quer dizer, seria mais emocionante, ler ali mesmo do lado da sua cama.

Claro que eu sabia o que ela estava me pedindo. Eu mesmo estava me perguntando isso, um momento antes. Mas não sabia como se fazia para passar dos sonhos à realidade, sem a mágica vazar... ou ficar descontrolada ou poderosa demais.

A verdade era que eu andava meio com medo de Maria ultimamente.

O olhar dela ficava mais intenso a cada dia que passávamos fazendo aquele trabalho. Ali na escuridão do auditório ela parecia pronta para um daqueles seus já famosos ataques de insanidade. Principalmente se eu dissesse algo errado.

— Maria, eu adoro quando você lê para mim. Adoro sua voz, e acho que não poderia dormir sem ela. Mas acho que...

— Que só gosta da minha voz? — indagou ela.

— Não! — Meus sonhos tinham ido bem além da voz da Maria. As imagens surgiram na minha mente, vívidas como lembranças de acontecimentos reais. Mas como podia dizer aquilo em voz alta? — É que... os sonhos às vezes são esquisitos.

Ela prendeu a respiração no escuro.

— Você começou a *sonhar*? Desde quando?

— Desde a primeira vez que leu para mim — contei.

— E não me *contou*?

— É que tive vergonha, sabe.

Ela chegou bem mais perto, seus olhos desvairados faiscando.

— E o que é que o envergonha?

Remexi-me na cadeira dura de madeira, meu cérebro rejeitando essa colisão entre vida dos sonhos e realidade. Pensei em como o sono do quinto estágio faz as pálpebras estremecerem, as mãos tremerem, e como eu despertava toda manhã com o rosto babado. Talvez isso fosse uma coisa que ela entenderia, quem sabe?

Nesta segunda semana, os projetos de todos estavam ficando muito estranhos. O resfriado comum da Barefoot Tillman estava de dar medo — os olhos dela estavam inchados e vermelhos, e um muco das mais estranhas cores escorria do seu nariz, obrigando-a a andar sempre com lenços de papel para enxugá-lo. Até Dan Stratovaria, com os olhos leitosos e a pele cheia de veiazinhas brancas, passava longe dela. Ele tinha ficado cego durante o fim de semana, mas tinha aprendido a evitar os barulhos que Barefoot fazia ao fungar e assoar.

— Muito bem, eu vou contar. Mas é esquisito.

— Esquisito, como? — perguntou Maria.

Engoli em seco. Será que queria mesmo contar à Maria que eu babava?

— Bom, sabe a Barefoot, como ela...

— Barefoot Tillman! — disse ela, chiando. — Está sonhando com *ela*?

— Não! Eu só estava querendo...

— Estava só me *usando*! — gritou ela, em voz esganiçada. — É a *minha* voz que faz você dormir toda noite! — Um grito escapou de seus lábios, ecoando pelo auditório. — O que eu sou, hein, algum Cyrano de Bergerac de piranha?

— Não! Hã... Cyrano, quem?

— Seu analfabeto, babaca da pior espécie! *Como pôde fazer isso?*

E aí pulou da cadeira e saiu correndo pelo corredor.

— Espera, Maria! — gritei. — Não era isso que eu queria...

— Até nunca mais, Kieran... e tenha uma boa *noite*! — gritou ela da saída.

A porta bateu atrás dela, uma pancada forte que quebrou o silêncio do auditório. Quando voltei a afundar na cadeira, percebi que o palco e a plateia estavam invertidos: todo o elenco e os técnicos estavam me olhando, os olhos arregalados, de queixos caídos.

Inclinei a cabeça para trás, rezando para aquilo também ser um sonho.

O silêncio continuou mais um instante, depois uma pessoa só começou a bater palmas devagar. Era a srta. Parker, sentada na beirada do palco, aplaudindo com um sorriso radiante no rosto.

— Anotem aí, gente — declarou ela. — Porque isso, sim, foi dramaticidade!

Oito

Já era quase meia-noite, e Kieran ainda não tinha me ligado.

A água da banheira estava borbulhando logo abaixo do meu nariz, sua quentura me envolvendo, mal mantendo sob controle a fome da minha pele. Fechei os olhos e afundei até que o trovejar da água preenchesse meus ouvidos, anulando o silêncio ensurdecedor.

Eu ainda não podia crer no que ele havia feito, roubando a *minha* poesia para sonhar com a Barefoot. E além disso tinha sido covarde, escondendo a traição em seu próprio subconsciente. E ainda não tinha me ligado.

Talvez entre nós nada mais houvesse agora senão silêncio.

Fiquei debaixo d'água, prendendo a respiração, imaginando o rosto do Kieran quando minha morte trágica por afogamento fosse anunciada. Depois de minha explosão no auditório, todos perceberiam que ele tinha me matado com aqueles seus sonhos pervertidos. Visualizei o mundo inteiro sabendo, meus poemas encontrados e postumamente divulgados pelo headspace com cruéis comparações entre a minha máscara mortuária angelical e o rosto inchado e besuntado de meleca de Barefoot Tillman.

À medida que essa fantasia ia progredindo, o oxigênio nos meus pulmões foi se esgotando, os pensamentos ficaram mais confusos e o coração batia cada vez mais rápido dentro do peito...

...até minha bioestrutura me obrigar a emergir, tossindo ávida por ar.

— Eu não ia fazer isso de verdade! — resmunguei, ofegante.

Abominável mundo perfeito.

Voltei a afundar até a altura dos ombros na água, a lembrança do meu desabafo no auditório girando no meu estômago. Todas as vezes em que me imaginei perdendo a cabeça por causa das emoções de antigamente, a loucura tinha me acometido em uma sacada ou em um quarto ricamente decorado e não na frente de uma *plateia*.

Pelo jeito os hormônios andavam de braços dados com a humilhação.

Tentei me lembrar do que tinha acontecido durante a nossa briga, exatamente quando e como tudo começou a ir por água abaixo. Enquanto eu me afastava, ele tinha tentado gritar alguma coisa para mim, mas meu cérebro estava intoxicado demais para entender o que ele tinha dito.

Lembrei de todos os livros que tinha lido, das histórias em que cartas desapareciam ou eram entregues

tarde demais ou à pessoa errada; onde orgulho, precon-
ceito e julgamentos apressados separavam os amantes.
O que ele tinha dito? Valeria a pena apenas saber que
Kieran *queria* fazer as pazes, mesmo que fosse só para
rejeitar todas as suas explicações.

O relógio deu meia-noite, a hora oficial em que ele
dormia. Eu tinha ajustado o despertador para esta hora
depois daquela primeira noite, a noite em que ele adormeceu, a noite da minha dança na chuva.

Por que ele não tinha me ligado?

Gemi, frustrada, afundando mais na água. Eu tinha
jurado que não ia ligar para ele. Jurado pela minha vida,
algo que de repente me pareceu tão poderoso quanto os
ditames da minha bioestrutura interior. Eu morreria na
certa se rompesse esse juramento.

Os minutos se passaram. Estaria ele dormindo sem
minha voz aquela noite? Continuei ali na banheira, fu-
riosa, imaginando-o ligando para Barefoot e lhe pedindo para espirrar e assoar aquele nariz até ele partir para
a terra dos sonhos. Até parece que isso ia acontecer...
Ele precisava de *mim*...

Mas eu não ia ligar para ele de jeito nenhum. Uma
heroína de verdade nunca quebra um juramento.

O pai dele pareceu surpreso ao me ver.

— Sr. Black? Sou Maria, amiga do Kieran.

— Ah, é? — E ele olhou o meu vestido longo e preto,
aderido à minha pele molhada, a água pingando dos
meus cabelos.

— Estou na aula de Escassez dele. Preciso falar com ele. Pessoalmente.

— Aula de Escassez? — Aí surgiu uma luz em seus olhos de velho, e ele sorriu. — Ah, sim. Acho que ele já mencionou você.

— É mesmo?

— Bom, não o seu nome — disse o pai de Kieran, rindo de leve. — Mas os pais notam essas coisas.

— *Coisas?* — perguntei. Os olhos dele se arregalaram um pouco, e resolvi refrear minhas emoções exacerbadas. — Hã... Sei que talvez ele já tenha ido dormir, mas se eu pudesse vê-lo só por um minuto...

— Dormir? — O homem disse aquela palavra como se fosse estrangeira. — Na verdade ele não está no momento.

Franzi a testa. Mas era meia-noite... e aí fiquei encantada quando compreendi.

Ele estava chateado demais! *Incapaz de dormir!*

— Rolando na cama — murmurei.

— Como disse? — indagou o pai dele.

— Onde ele está? — perguntei, pondo de lado minha decisão de não ser muito emotiva.

— Talvez você e eu devamos ter uma conversa sobre Kieran — disse ele. — Vocês dois são jovens demais, e...

— Onde... ele... está?

Ele fez uma pausa, sua expressão começando a demonstrar medo.

— Hã, acho que talvez devesse ir para casa regular sua bioestrutura, senhorita.

Soltando um grunhido, cerrei os punhos, e o velho recuou um passo, fazendo os casacos pendurados no corredor balançarem.

Casacos grossos, brancos, parkas espessas, com golas de peles...

Eu sorri.

— Ele está no polo Sul, não está?

— Mocinha...

Agarrei uma das parkas e a vesti. Depois meti os pés com chinelo e tudo em um par de botas de cano alto que aguardavam ao lado do teleportador.

— Não pode ir lá! — gritou ele. — Não é *seguro*!

— Segurança! — respondi, rindo. — Está falando com uma menina que enfrenta furacões, sr. Black. — Oscilando um pouco por causa das botas grandes demais, entrei no teleportador. — Polo Sul, por favor!

— Estação Amundsen-Scott? — indagou a máquina.

— Sim, é isso mesmo!

— Espera! — gritou o pai de Kieran, com a mão trêmula erguida, como para me deter. Mas ele vinha do mundo amenizado, de hormônios controlados, que eu tinha deixado para trás, e mal se poderia esperar que cresse que uma maluca meio afogada tivesse entrado na sua casa sem permissão e agora estava indo direto para o polo Sul.

Cantarolei para ele uma musiquinha maluca enquanto desaparecia.

O sol fraco estava bem baixo, perto do horizonte. Estava tudo escuro, gelado e *branco*.

Puxei a parka, ajustando-a melhor em torno do corpo, e cobri o rosto com o capuz forrado de pele. Naquele lugar, o interior do teleportador estava cheio de todo tipo de advertências: clima extremo, exposição, úlceras de frio, morte. Mas os adesivos eram antigos, já descascando, e nenhuma voz automatizada e calma havia perguntado o que eu estava fazendo ali. Pelo jeito, ninguém vinha àquele fim de mundo despreparado.

Desci o curto lance de escadas; os prédios eram construídos sobre estacas, como que com medo de tocar a neve. O vento penetrou sob meu vestido e atingiu os meus joelhos nus como se os estivesse queimando.

Uma mulher passou com um traje térmico e parka, parando um instante para me olhar de olhos arregalados.

— Onde está Kieran Black? — indaguei, minha língua congelando na boca enquanto falava.

— O estudante? — Ela fez uma pausa, depois apontou com uma das mãos, coberta por uma luva imensa, para um iglu a cem metros de distância. — Mas acho que você não devia...

Grunhi e dei-lhe as costas, começando uma marcha difícil até depois de uma fileira de bandeiras espetadas no gelo, restos estraçalhados de países que não existiam mais. Meu vestido solidificou-se enquanto eu andava, desprendendo cristais de água de banho congelada.

À medida que o frio envolvia meu corpo, eu ia finalmente acreditando nos livros em que as heroínas morriam de tanto andar a esmo do lado de fora. Talvez tivesse sido necessária apenas uma chuva gelada para matá-las naquela época, mas o vento da Antártica tornava a coisa bem mais plausível. Cada respiração me despedaçava os pulmões, e meus cabelos molhados começavam a congelar, produzindo estalos dentro do capuz da parka. Minha bioestrutura estava ameaçando pedir cuidados médicos, mas fingi que não a ouvia. Kieran vivia gabando-se de que levava um bom tempo para a equipe de emergência chegar até lá. Continuei avançando a custo, os olhos semicerrados postos no iglu distante.

A neve compacta deu lugar a montes que vinham até os joelhos, e que começaram a penetrar pelo alto dos canos das botas, deixando meus pés insensíveis. Tropecei e fui obrigada e tirar as mãos dos bolsos que as aqueciam, para me equilibrar. Se eu caísse, ia me estilhaçar como uma estalactite despencada.

Meu cérebro estava ficando dormente, meu coração batia vagarosamente, o mundo se encolhendo até caber nos limites do pequeno capuz da parka.

Então uma estrela brilhante cintilou diante de mim...

Uma silhueta humana estava contornando o iglu, fazendo uma fonte de chamas ziguezaguear sobre a superfície curva do gelo. Meu cérebro ressecado e gelado lembrou-se de quando Kieran tinha dito que possuía um lança-chamas.

Tentei chamá-lo, gritando, mas meus pulmões só conseguiam sugar ligeiros bocados de ar, como se eu respirasse cubos de gelo. Meu corpo continuou movendo-se, impulsionado pela promessa da brasa brilhante nas mãos de Kieran.

O fogo era quente, eu me lembrava disso, de alguma vida pré-Antártica.

Fui cambaleando até chegar perto o bastante para sentir o calor. Minhas mãos nuas estenderam-se na direção da chama, as pontas dos meus dedos já ligeiramente azuladas.

Kieran finalmente ouviu meus passos na neve e se virou na minha direção, soltando um grito de surpresa.

— Maria! O que está fazendo...? — E aí o lança-chamas caiu da sua mão na neve, onde soltou alguns estalidos e se apagou.

Caí de joelhos ao lado do lança-chamas, gemendo de decepção. Estendi a mão para tocar o metal ainda refulgente... e aí as mãos de Kieran me envolveram os ombros, fazendo-me sentir vontade de matá-lo por me arrastar para longe daquele resquício de calor.

Através do túnel do meu capuz da parka, vi minhas botas deslizando através da neve até a luz pálida do sol se apagar. De repente, tudo se aqueceu, ficando gloriosamente quente, talvez até mesmo acima da temperatura de congelamento! Alguém empurrou meu capuz para trás, o rosto de Kieran, preocupado e protegido por óculos de neve diante de mim, as paredes internas do iglu faiscando sob a luz artificial.

— O que está fazendo aqui? — E ele tirou os óculos de neve e a parka, despindo depois o traje térmico, bem diante de mim. — Enlouqueceu?

Seminu, ele envolveu o traje térmico prateado em torno de mim, seus elementos me queimando a pele como carvões quentes. Eu só conseguia balançar a cabeça e olhar para Kieran. Tinha a impressão de que meus olhos iam se estilhaçar se eu piscasse.

— Vim visitar você — consegui dizer por fim.

— Desculpe, viu — disse ele. — Eu nunca sonhei com a Barefoot, nunca, nem uma vez! Foi com você, desde a primeira noite! — E engoliu em seco. — Mas era tão incrível e esquisito, e todos sempre diziam que os sonhos não são reais, mas às vezes *são*... Sabe o que quero dizer?

— *Shei...* — garanti a ele, com meus lábios rachados. Havia mais coisas entre o céu, a terra e tal... Tantas outras coisas para dizer...

Mas exatamente aí minha bioestrutura, desesperada, percebeu que eu tinha entrado em algum lugar quente e seguro, e zelosamente me apagou, para eu não correr o risco de congelar de novo.

Abominável mundo perfeito.

Nove

— Este é o fim da nossa pequena aventura — começou o sr. Solomon.

Barefoot Tillman espirrou no seu canto, onde estava cumprindo quarentena. Andava muito melhor durante os últimos dois dias; o nariz tinha parado de escorrer. Mas todos ainda queriam distância dela.

— *Gesundheit* — disse Maria, depois de ter consultado algumas velhas tradições para Barefoot. Sorrimos um para o outro.

— Mas antes de todos voltarmos para o mundo moderno, talvez possamos falar sobre nossas experiências. — E ele abriu as mãos. — Alguém se habilita?

Lao Wrigley levantou a mão.

— Bom, sinto que fiquei bem mais próxima do meu pai.

— Hummmm — disse o sr. Solomon. — Porque ia e voltava de avião com ele todos os dias das suas aulas nas Bahamas?

— A necessidade é a mãe da invenção — disse Lao, balançando a cabeça e jogando a cabeleira para um lado.

— Olha só este abdômen! — gritou Sho, ficando de pé na primeira fila e girando em torno de si mesmo, de camisa erguida. — Acho que nunca mais vou voltar a comer.

— Duvido muito — disse o sr. Solomon. — E não acho que sejam músculos, e sim *costelas*, sr. Walters. Mais alguém tem algo profundo a dizer? Sim, sr. Stratovaria?

— Sabe o que é — disse Dan —, descobri que parasitas não são nada divertidos.

— Ah, a visão interior dos cegos. Alguém pelo menos aprecia a seriedade da escassez. Talvez este semestre não tenha sido inteiramente desperdiçado.

— Nem brinca — disse Dan, acenando a bengala que segurava com uma das mãos coberta de veias esbranquiçadas. — Minha mãe está tão apavorada que gastou um dinheiro absurdo na substituição. Meus novos olhos vão *arrebentar*!

O sr. Solomon suspirou.

— Sem dúvida. E será que vamos escutar alguma pérola de sabedoria dos dois pombinhos que estão de mãos dadas aí no fundo da sala?

Nós nos separamos quando todos se viraram para nos olhar, ainda sem saber o que pensar sobre o fato de estarmos juntos. Meus amigos põem a culpa em William Shakespeare, que me transformou em certinho. Eles reviram os olhos diante das palavras antigas que às vezes digo sem pensar.

Mas as mudanças vieram de um lugar mais primitivo do que eles imaginam. O Bardo, perto do meu subconsciente, não é nada.

— Bom, sr. Solomon — começou Maria. — Aprendi que aquelas heroínas de antigamente não eram nem um pouco frágeis, como eu pensava. Aliás, as pessoas corriam o risco de morrer correndo lá fora no frio. Principalmente se estivessem molhadas. — E apontou para a úlcera de frio escura na bochecha esquerda, que brilhava como um olho preto no lugar errado. Sua mãe tinha feito Maria prometer que faria um enxerto de pele em breve, mas, enquanto isso não acontecia, ela estava realmente curtindo aquela úlcera.

— Fascinante — disse Solomon. — Embora talvez não seja uma observação tão relevante para o seu projeto inicial, como se esperaria.

— Ah, mas posso lhe garantir, sr. Solomon — disse Maria —, hormônios desequilibrados e exposição ao frio da Antártica são inseparáveis.

— Comentário interessante. E o senhor Black? O que tem a nos dizer sobre os rigores do sono?

O que teria eu a dizer, não é? Inspirei profundamente, perguntando-me o que ia fazer depois da aula hoje. Agora que os trabalhos finais tinham terminado, podia reajustar minha bioestrutura, ligar de novo todos aqueles nanos que tornariam meus processos anabólicos e catabólicos simultâneos de novo. Nunca mais ia precisar dormir.

Será que ainda queria meus sonhos? Eles não eram tão diferentes assim da vida real, agora que Maria e eu estávamos juntos. Mas eu vivia imaginando o que mais eles poderiam me mostrar, que magia se perderia se eu nunca mais passasse pelo quinto estágio outra vez, trêmulo, os olhos movimentando-se sob as pálpebras.

— Foi bom ter experimentado, sr. Solomon.

— Conseguiu chegar ao estágio REM do sono?

— Pode apostar que sim — disse eu. — Sonhos, movimento rápido dos olhos, baba, tudo mesmo.

Maria me lançou um olhar de relance. Tínhamos decidido não mencionar que ela também tinha sonhado uma vez, graças à hipotermia aguda combinada com um desmaiozinho, por causa da sua bioestrutura. E nem íamos dizer ao Solomon que meus hormônios tinham também se desequilibrado, uma vez que os dispositivos atuais não estavam calibrados para gente que dorme seis horas por noite. Eu tinha enlouquecido o suficiente para me teleportar para um dilúvio na Dinamarca na noite anterior, só para segurar a mão da Maria na chuva gelada.

Nossos trabalhos coincidiram de todas as formas interessantes possíveis.

— E sobre o que sonhou, exatamente, sr. Black? — indagou Solomon.

Maria estendeu a mão para apertar a minha de novo, as unhas machucando-me a pele.

— Escassez, sr. Solomon — disse eu. — Guerra, peste, fome... Todas as pedradas e flechas do destino ultrajante que este nosso mundo de hoje não permite.

— É mesmo? — E ele ergueu uma sobrancelha. — Pesadelo é o termo antigo que descreve isso, creio. Então deve estar aliviado por ter por fim voltado ao mundo de hoje.

— Sem sombra de dúvida — disse eu, ouvindo o som da caneta de Maria arranhando o caderno dela com mais palavras e imagens inspiradas nas minhas mentiras. E decidi: não vou fazer ajustes na minha bioestrutura esta tarde, ainda não.

Pelo menos mais uma noite de sonhos.

Mais raio que água

JUSTINE LARBALESTIER

Eu ia fugir, mas aí vi Robbie banhando-se no rio.

Faltavam algumas horas para a meia-noite. A aldeia estava adormecida. Eu tinha conseguido esgueirar-me e sair de casa, e fui passear, tentando planejar como fugir. Para onde ir.

Tomei o caminho que ia até o rio, abaixando-me para evitar as teias de aranha que brilhavam sob a lua cheia, perguntando-me quanto tempo levaria para chegar à cidade grande. De quanta comida ia precisar. E quantos pares de sapatos. Uma coruja piou e decolou bem acima da minha cabeça. Assustada, tropecei e, ao recuperar o equilíbrio, pude contemplar Robbie, espirrando água sobre a cabeça e os ombros.

A pele dele brilhava. Eram apenas as gotas de água refletindo o luar e o contraste com sua pele escura, mas tive a impressão de que me esqueci de respirar.

Era a primeira vez que eu olhava alguém e sentia vontade de tocá-lo. Minha mão ergueu-se ligeiramente na direção dele.

— Jean! — chamou ele, virando-se para mim e sorrindo. — Jeannie.

Minha mão caiu, pendendo ao lado do meu corpo,
e a pele do meu rosto tensionou-se e ficou quente. Não
estava tonta, mas mesmo assim me perguntei se não iria
desmaiar. Acho que nunca o tinha ouvido dizer meu
nome antes.

— Robbie — disse eu, aproximando-me da margem
do rio.

— Vai estar na colina amanhã?

Fiz que sim com a cabeça, embora não pudesse acreditar que ele estivesse me convidando. Ele era tão... nem
belo nem simpático, mas havia alguma coisa, alguma
coisa que me fazia querer tocá-lo. Eu já ouvira outras
meninas falando sobre ele.

Robbie estava pedindo que eu fizesse o casamento
pagão com ele. Eu, com quem ele nunca tinha falado
antes. Estremeci. Sei que parece exagero, mas pude sentir meus ventrículos direito e esquerdo expulsando o
sangue do coração e fazendo-o penetrar nos meus te-
cidos, nos meus pulmões. As palavras de Robbie os faziam bombear com mais rapidez. Casamento? Eu e ele?

O dia seguinte era Dia de Lammas, o primeiro dia
para fazer pão com o trigo recém-colhido. Levam-se
dois pães recém-tirados do forno até a igreja, como
oferta, um para deixar do lado de dentro, para Jesus,
e outro para colocar do lado de fora, para as fadas. E
se a pessoa for jovem e ainda não comprometida, pode

celebrar o casamento pagão. É um casamento experimental. Se der certo, no Dia de Lammas seguinte faz-se o casamento formal. Se não, não se faz.

As moças se sentavam na colina, esperando os rapazes virem pedir sua mão. Eu tinha acabado de concordar em me sentar lá e esperar Robbie.

Eles só celebram o casamento pagão nas aldeias daqui. Os turistas vêm assistir à cerimônia e tirar fotos dos rapazes e moças atando uma das mãos à mão do outro com lenços. Acham isso pitoresco e adorável. Acham-nos pitorescos e adoráveis.

Eu não achava Robbie pitoresco, nem adorável. Eu o considerava perigoso e incontrolável, e não só porque meus pais não gostavam dele, mas porque havia algo no ar em volta dele, algo que me fazia tremer. Um tremor que era ao mesmo tempo quente e frio.

Eu havia escolhido o Dia de Lammas para fugir. Porque meus pais tinham decidido que eu já tinha passado da época de fazer meu casamento pagão. Eles me deram o dia inteiro de folga. Tempo suficiente para escapar.

— Até lá, então? — indagou Robbie.

Observei a boca dele se movendo, seus lábios, sua língua.

— Sim — respondi. — Na colina.

Eu tinha resolvido ficar.

No Dia de Lammas, atam-se laços vermelhos e azuis nas caudas do gado para evitar que as fadas os roubem. Para evitar que elas entrem nas nossas casas, há cruzes acima das portas e janelas. O Dia de Lammas é quando o povo verde gosta de vir fazer visitas.

Em nossa padaria não era diferente, havia cruzes pregadas em todas as portas e janelas. Eu morava ali com meu pai e minha mãe, meus dois irmãos, Angus e Fergus, e suas esposas, Sheila e Maggie. Todos nós vivíamos corados, suados e cobertos de farinha, fazendo e assando pães da meia-noite até a alvorada, depois começando tudo outra vez. Antes do Dia de Lammas, trabalha-se com mais afinco e por mais tempo, produzindo pães suficientes para encher todos os cantos do inferno.

Aquela vida era horrível.

Os turistas adoravam. Eles nos amavam, deixando-nos moedas e notas em uma lata diante do balcão da padaria, grande parte delas estrangeiras. Era eu que recolhia o dinheiro, o separava e o levava ao banco para transformá-lo em dinheiro de verdade. Não para depositá-lo no banco. Ah, não.

Meus pais não acreditavam em bancos. Nem em países estrangeiros. Nem em nada que não fosse nossa pequena aldeia, uma armadilha para turistas, embora a chamassem de "tradicional" e nossos costumes de "adequados". Nosso dinheiro era guardado debaixo do colchão dos nossos pais. E o colchão deles era cheio de palha. Como o meu. A palha me causava coceira.

A padaria ficava na parte da frente da casa, e nós morávamos nos fundos, sendo que os quartos ficavam no alto de escadas precárias. Não tínhamos televisão, nem rádio, nem eletricidade. Os fornos eram aquecidos a carvão e lenha. No escuro, usávamos velas e a luz emitida pelo fogo dos fornos para enxergar. No verão, íamos para a cama bem antes de o sol se pôr, e no inverno, pouco depois disso. Fosse verão ou inverno, sempre nos levantávamos antes do sol nascer.

Meus pais viviam obcecados em conservar os velhos costumes, mas aprendi em um livro que antigamente cada um cozinhava sua própria comida. Não existiam padarias. Não havia turistas para alimentar. Só era preciso servir comida aos vizinhos quando eles vinham fazer uma visita.

A versão de meus pais a respeito do passado raramente combinava com o que meus professores haviam me ensinado ou o que eu lia nos livros. Eles acreditavam em fadas, nos homenzinhos verdes, e achavam que as velhas canções folclóricas eram textos históricos, não apenas lendas. Acreditavam em um mundo que não mudava de um dia para o outro, de um ano para o outro, de um século para o outro.

O fato de que turistas vinham observá-los sendo do mesmo jeito dia após dia, semana após semana, não lhes parecia absurdo.

— Existiam turistas há um século? Dois séculos? — perguntava eu.

Minha mãe me dizia que eu era insolente; meu pai fingia não ter me escutado. Angus dizia que ia me bater se eu repetisse isso, e Maggie ria, nervosa. Não nos dávamos bem, meus irmãos, minhas cunhadas e eu.

Eu já queria fugir fazia muito tempo, nem me lembrava quanto. Não amava minha família. Nem mesmo gostava deles. Queria morar com uma família de verdade. Uma que me deixasse ficar na escola até depois dos 15 anos. Que me deixasse ir para a universidade, estudar para ser médica. Uma família que me permitisse viver uma vida de verdade, num mundo de verdade. Uma família que me deixasse partir.

Meus irmãos não se importavam com aquela vida. Principalmente Angus. Ele gostava dela, mal podia esperar para assumir a padaria, depois que papai se aposentasse. Ele e Fergus não viam nada de errado em ser quase analfabeto, casar-se aos 16 anos e ter filhos aos 18, ficar em casa onde não há nada além da família, assar pão e ir à igreja todo domingo, e muito raramente ir à Taverna do Homem Verde berrar e cantar com os amigos. Eles gostavam de fazer entregas em um carro puxado por dois jumentos velhos que viviam soltando peidos.

Acho que os leitores não vão estranhar se eu lhes contar que meus pais não gostavam de motores a combustão.

E nem de estranhos.

Principalmente de Robbie.

A família de Robbie não morava na nossa aldeia havia incontáveis gerações. Porque Robbie não tinha família.

Ele tinha sido encontrado quando era bebê em um cestinho abandonado no rio e encalhado numa das margens. Um barquinho-berço de fadas, enviado pelo povo verde, todos diziam, mas o moleiro o adotou mesmo assim. Ele não tinha filhos. Só que, dentro de cinco anos, já tinha três, e Robbie foi rebaixado. Deixou de ser filho e virou um simples primo distante.

Ele morava com o moleiro, sua esposa e seus filhos e filhas. Na época da colheita, curvava-se para trabalhar nos campos junto com todos os outros. Mas não trabalhava no moinho. Robbie começou a tocar rabeca e fazer bicos pela aldeia.

Não era o tipo de homem que meus pais consideravam um bom marido.

Meus pais não queriam me deixar sair de casa. Eles não me deixavam estudar. Mal me deixavam ler. Meu *Anatomia e fisiologia* de Goldstein sumiu e, quando reclamei, minha mãe quis saber para que eu queria aquele livro, agora que tinha quase 16 anos, já tinha saído da escola (eles me obrigaram a sair) e estava ficando velha demais para continuar solteira.

Eu já havia quase decorado aquele livro, mas não era esse o ponto. Só queria tê-lo comigo, poder olhar as tabelas e diagramas de todos os aparelhos — cardiovascular, digestivo, endócrino, excretor, imunológico, tegumentar, muscular, nervoso, reprodutor, respiratório, esquelético — e murmurar-lhes os nomes... Aquele livro era o futuro que eu queria tão desesperadamente. O futuro que meus pais tinham tirado de mim.

Por que não me casar com Robbie, então? Eles queriam que eu me casasse com alguém da aldeia, não?

E daí se não fosse um McPherson ou Cavendish ou Macilduy?

Esperava que eles não ficassem *muito* zangados. E se ficassem, pelo menos o casamento pagão não é um casamento permanente. É só provisório. Qualquer um dos dois podia desistir se quisesse.

E talvez, quem sabe talvez, eu pudesse convencer o Robbie a fugir para a cidade comigo. Ele estudaria música e tocaria nas tavernas. E eu trabalharia em alguma loja ou bar, ou até em uma padaria, e estudaria sempre que pudesse. Trabalharia pesado, durante muito tempo, até conseguir entrar em uma universidade onde aprendesse tudo que fosse possível sobre medicina, tudo a respeito do corpo humano. Todos os segredos que não estavam no *Anatomia e fisiologia* de Goldstein.

Consegui chegar em casa antes da meia-noite e fui para a cama. Achava que não ia conseguir dormir, pensando em Robbie e eu celebrando o nosso casamento pagão, mas apaguei assim que fechei os olhos, nem cheguei a me mexer até notar que os outros já haviam se levantado e começado a assar pães.

O sol me despertou. Fiquei ali um pouco, deitada na palha que me dava coceira, saboreando o calor sendo absorvido pela minha epiderme.

Dia de Lammas.

Coloquei o meu melhor vestido: feito com tecido artesanal e costurado a mão, ele tinha pontos tortos e tecido não tão áspero quanto palha, mas também não tão macio quanto algodão de loja. Um dia, disse a mim mesma, eu usaria um vestido que outra pessoa tinha feito.

— Está acordada, Jeannie? — chamou minha mãe.

Corri para o andar de baixo, até onde ela estava.

— Está bonita — disse ela, entregando-me um saco e ajeitando meu avental. — Aqui tem pão, queijo e uma guirlanda para você.

— Obrigada, mãe.

— Deixe-nos orgulhosos.

— Pode deixar.

Peguei o saco e parti para a colina, para me encontrar com Fiona e esperar Robbie. O dia estava muito claro, sem nem um sinal de chuva.

Fiona riu quando me viu e acenou. Estava no alto da colina. Subi, passando pelas outras meninas, cumprimentando-as com a cabeça, sorrindo e evitando olhar os poucos turistas que eram atrevidos o bastante para tirar fotos. Sentei-me ao lado de Fiona no topo, sob a maior árvore, com calor e um pouco sem fôlego.

— Sabia que você ia se sentar bem no alto! — reclamei.

— Mas olha — disse Fi —, daqui pode-se ver o oceano, e aquelas coisas lá longe... Acho que são ilhas.

Semicerrei os olhos, voltando-os para o ponto indicado por ela. Tudo era deslumbrante, principalmente o imenso mar azul, mesclando-se com o céu azul infinito. Soltei um lamento.

— Pode ser. — Eu preferia ver a estrada que levava à cidade. Ou Robbie.

— Também podemos ver quem é que vai pedir a mão de quem. Visão de fofoqueira.

— É mesmo. — E por isso é que vínhamos todos os anos. Parti o pão ao meio. — Trouxe uma faca?

Ela confirmou, entregando-a a mim.

— E também picles. Comprado na loja.

— Delícia! — Fatiei o queijo e o depositei igualmente nas duas metades do pão, então Fi acrescentou o picles.

Enquanto comíamos, alguns meninos passaram e trocaram guirlandas com suas namoradas. Perguntei-me quanto tempo se passaria até que Robbie viesse me pedir a mão e o que Fiona diria.

— Parece que Dougie e Susan voltaram a namorar.

— Esses dois, nunca se sabe — disse eu, sabiamente, embora não tivesse visto mais nenhum dos dois desde que tinha sido tirada da escola. Nem mesmo sabia que estavam namorando. Fi vivia prometendo que me manteria informada, mas mal nos víamos fora da igreja.

— Dougie acabou de comprar um carro com apenas quatro ou cinco anos de uso. Aposto que foi por isso que Susan decidiu voltar para ele.

Senti uma pontada de inveja. Se eu tivesse um carro, poderia sair dali mais rápido do que um pão fermenta no verão, e se tivesse sorte, levaria Robbie comigo. Ou pelo menos poderia, se alguém me ensinasse a dirigir.

— Onde ele guarda o carro? — indaguei. Os carros e caminhões não podiam entrar na aldeia. Os ônibus de turismo estacionavam na periferia da cidade, e as pessoas entravam andando, reclamando a cada passo.

— Lá no estacionamento, junto com todos os outros carros e ônibus. Onde mais?

Assenti, sentindo-me boba. Ele não ia ter que escondê-lo, ia? Dougie não precisava se esconder. Seus pais não queriam que ele ficasse preso na aldeia para sempre.

— E você? — indaguei, enxugando as mãos na saia.

— Você...

Alguém tossiu. Olhei para cima e precisei disfarçar meu gemido. Em vez de Robbie era Sholto McPherson: o menino com maior probabilidade de aborrecer alguém. Ele acha que porque é alto com cabelos louros, olhos azuis e pele clara, todas as meninas do mundo são apaixonadas por ele. Talvez algumas sejam, mas não durante muito tempo — meia dúzia de palavras trocadas já é suficiente para que mudem de ideia.

— Cadê sua guirlanda? — perguntou ele.

— Minha o quê? — perguntei, puxando minha saia para baixo para esconder a guirlanda e torcendo para ele entender a indireta e ir embora. Fi soltou risadinhas de empolgação.

— Se vamos fazer o casamento pagão, vamos ter que trocar guirlandas primeiro.

— Não vamos fazer casamento nenhum.

— Não vamos?

— Não quero casar com você, Sholto. Não estou interessada.

Sholto me olhou como se eu de repente estivesse falando a língua das vacas. Nós tínhamos ido à escola juntos (até eu ter que sair) e durante todo aquele tempo eu nunca tinha dirigido nenhuma palavra amigável a ele. Ele era implicante, convencido, egoísta e sem nenhum pingo de senso de humor.

— Por que não?

— Não gosto de você, Sholto. Nunca gostei. — Você não é o Robbie, pensei.

— Nossa — disse ele, claramente imaginando se as fadas teriam me possuído. Sholto não acredita que existam no mundo meninas que não o queiram.

— Nem mesmo se você fosse turista. E mais rico que a rainha.

— Mas...

— Nem mesmo se eu tivesse que escolher entre me casar com você ou morrer.

Sorri para Fiona. Fiquei quase decepcionada quando ele balançou a cabeça e me disse que eu estava possuída.

— Você não está bem — disse ele, afastando-se. Depois de descer metade da colina, ele parou e pediu a mão de uma menina que não reconheci. Ela devia ser de uma das outras aldeias, mas parecia que sabia o suficiente para não aceitar.

Fi riu e me beliscou o braço.

— Muito bem.

— Ele é um idiota.

— É mesmo. Ah, olha lá, o irmão de Sholto, Charlie.

— O que *ele* está fazendo aqui? — perguntei.

— O pai dele diz que vai matá-lo se ele não encontrar uma menina logo — disse Fiona.

— Mas ele não *gosta* de meninas.

— Você acha que o pai vai aceitar isso como resposta?

Eu não achava. Não mais do que meus pais me deixariam voltar para a escola.

— Coitado do Charlie.

Fiona assentiu.

— Coitado do Charlie.

— Então, está planejando celebrar o casamento pagão com alguém? — perguntei a Fiona, para provocá-la.

Fi sorriu.

— Só vim observar os outros. Como sempre. Dá para imaginar o que meus pais fariam?

Os pais de Fiona não eram como os meus. Eles tinham carro, rádio e televisão. Quando eu era pequena, às vezes costumava ir até a casa dela escondida para assistir à televisão. Histórias de meninas levando vidas nada parecidas com a minha. Foi a primeira vez que eu vi um médico e percebi que queria ser médica quando crescesse. Ou poderia, se tivesse nascido de pais diferentes dos meus.

Os pais de Fiona queriam que ela fosse para uma universidade na cidade, onde os pais da mãe dela moravam. Eles achavam que 15 anos era cedo demais para se comprometer ou para se casar. E 16 e 17 e 18 também. O pai dela tinha crescido na aldeia, mas tinha ido embora de lá e voltado com uma esposa e planos de trazer mais turistas e todos os tipos de crenças que não combinavam com as dos meus pais.

Havia outros como eles que só fingiam ser pitorescos para arrancar dinheiro dos turistas. Eles só gostavam da aparência dos tempos antigos, não de sua essência. Ao contrário de meus pais, gente como a família de Fiona não acreditava em fadas, nem em meninas se casando antes de terem idade para saber o que queriam da vida.

Só que não eram muitos esses habitantes superficialmente pitorescos; a maioria ainda pensava como meus pais. As coisas estavam mudando, mas não tão rápido quanto eu gostaria.

— Você tem sorte — disse eu a Fiona.

Ela não respondeu nada. O que podia dizer? Ela sabia que tinha.

— Minha guirlanda está murchando. — Eu a tirei de baixo da minha saia e a coloquei no colo de Fiona.

— Está mesmo. Isso significa que *você* veio aqui com a intenção de celebrar seu casamento? — A voz dela ficou instável, como se ela tentasse parecer feliz por mim quando na verdade estava triste. Desejei que Robbie aparecesse logo.

Fiona tinha medo de que eu me tornasse uma noiva precoce. Muitos turistas nos viam assim. Um deles, uma mulher, me perguntou como eu aguentava viver ali. Eu menti, dizendo-lhe quão maravilhosa, adequada e pura era a nossa cultura tradicional, e que eu não queria outra vida.

Aquela turista tinha cabelos curtos, e não uma trança pesada pendendo até abaixo da bunda. Não usava saias compridas demais nem blusas que pinicavam a pele. Eu senti vontade de lhe dar um tapa. Ou de encontrar uma forma de me apoderar da vida que ela levava.

E agora Fiona estava me olhando da mesma forma que aquela turista havia me olhado. Com pena de mim. Onde estava Robbie? *Ele* não sentia pena de mim.

— Talvez eu celebre o meu casamento pagão — disse, e aí, quando Fi fez uma careta, acrescentei: — Talvez não.

— Então talvez seja melhor trançarmos outra guirlanda, não? — perguntou ela. — Há muitas margaridas por aqui.

— Até quando pode ficar aqui?

— Até a hora de comer — respondeu Fiona, referindo-se ao almoço, ao meio-dia. — Depois prometi ir ajudar na loja. Pode vir comigo, se quiser; tenho uma pilha de revistas novas.

— Boa ideia — disse eu.

Colhemos todas as margaridas ao nosso redor e depois enfiamos as unhas através de suas hastes, trançando uma nova guirlanda. A seiva dos caules manchou nossos dedos e os deixou ligeiramente grudentos, com um aroma adocicado de verão.

— Não é tão ruim assim como pensa — disse eu a ela, pensando em Robbie, de pele morena e olhos verdes, desejando que ele aparecesse.

— Não — murmurou Fiona, colhendo e trançando margaridas.

Mas já era tarde demais. O abismo que havia se aberto entre nós quando eu saí da escola e ela ficou... bem, agora eu podia senti-lo aumentar a cada flor que acrescentávamos a nossas guirlandas. Fiona embrulhou o picles e a faca e se despediu bem antes do meio-dia.

Fiquei assistindo à sua partida e depois observando o movimento, o vaivém dos habitantes da aldeia, dos namorados se comprometendo, dos turistas. Mas e Robbie, onde estaria? Voltei a colher as margaridas, trançando guirlandas com elas. Fiz várias, que foram se acumulando ao meu lado.

Será que teria sido apenas uma brincadeira aquele convite dele na noite anterior? Mas não tinha sido essa a minha impressão. Será que eu tinha desperdiçado aquela chance de fugir? Eu já estava à beira do desespero quando uma voz me assustou.

— Puxa, quantas guirlandas...

— É mesmo — disse eu, erguendo o olhar. Os olhos dele eram muito verdes, mesmo. — É que estou tentando bater o recorde mundial. Quantas acha que eu já fiz?

— Não me arrisco a dizer... Uma menina ágil como você podia até fazer uma dúzia enquanto eu estou aqui piscando por causa do sol nos meus olhos.

— É mesmo? Uma dúzia em um segundo? Então não devo estar me esforçando. Estou aqui desde manhãzinha.

Robbie sentou-se ao meu lado. Eu lhe lancei um olhar meio de lado, tentando não encará-lo. A rabeca dele estava pendurada em seus ombros, e seus cabelos pretos e muito encaracolados estavam presos com uma tira de couro. Eu podia sentir o calor do seu corpo perto de mim, quase sentir o cheiro do seu suor.

— Sentada aqui, só trançando guirlandas de flores. Quantos dias há como este? — perguntou-me ele. Eu não sabia se ele estava olhando para mim. Estava curvada trançando margaridas, só furando os caules e puxando-os um através do outro.

— Ah, bem poucos, e este já está quase na metade. Amanhã volto a trabalhar na padaria. — Soltei um suspiro que mais pareceu uma explosão. Será que ele ia pedir minha mão ou não?

— Não é tão ruim, é? — disse ele, pegando um punhado de guirlandas e contando as margaridas uma por uma, como se fossem contas de rosário.

Eu não soube o que responder.

— Eu não gosto — disse, porque era a resposta branda que eu podia dar. Não gostava da padaria, não gostava daquela aldeia nem daquela vida. Queria ir para outro lugar. Aprender, viver, crescer. Não queria viver coberta de farinha, fingindo que era pitoresca para os turistas.

— Eu adoro isso aqui. — Ele disse aquilo tão de mansinho e ainda sorrindo (olhei para ele, para conferir), mas mesmo assim as palavras fizeram meu coração afundar um pouco. Eu tinha esperança de que ele estivesse tão louco quanto eu para fugir dali.

— É mesmo? Mas todos aqui são tão... — A maioria dos habitantes da aldeia o desprezava, dizia que seus olhos verdes eram parecidos demais com os das fadas e duendes. Só que metade da aldeia tinha olhos verdes. Os meus também são verdes, quando iluminados de uma certa forma.

Ele deu de ombros, depois virou-se para mim exatamente na hora em que eu olhei para cima. Pronto. Ele estava olhando para mim, eu olhando para ele.

Prendi a respiração. Ele ia mesmo pedir minha mão.

Ele não desviou o olhar. Notei as saliências no seu nariz. Devia tê-lo quebrado pelo menos uma vez. Talvez mais. Também vi uma cicatriz abaixo do seu olho esquerdo. Eu nunca olhara para ele assim tão de perto. Soltei a respiração.

— E você, senhor Robbie? Por onde andou? Eu fiquei anos esperando!

Ele riu.

— Construindo uma casa.

E foi a vez de eu rir.

— Não me diga!

— Temos que morar em algum lugar. O moinho já está lotado.

E então ele chegou um pouco mais perto de mim. Vi uma leve camada de suor acima do seu lábio superior.

— Estou feliz porque o que aconteceu ontem à noite não foi um sonho. Eu tinha medo que tivesse sido. Embora nem tenha dormido.

— Não foi sonho — disse eu, desviando primeiro o olhar para minhas mãos, manchadas de verde por causa das margaridas.

— Gosto de quão branca é a sua pele. Até suas sardas são clarinhas. — Robbie deixou de lado o monte de flores e estendeu a mão, pegando a minha.

— Quer celebrar o casamento pagão comigo?

As palavras que passaram o dia inteiro circundando meus ouvidos e meu coração tinham sido ditas.

Ergui meu olhar, fitando-lhe os olhos, verdes e aguçados como o ciúme, e não consegui pensar em mais nada a não ser nele. Ele inclinou-se, chegando bem perto de mim, e nossas bocas tocaram-se, nossos braços enlaçaram-se em torno um do outro. Ao sentir o toque dele, seu cheiro, seu gosto, pensei que fosse explodir.

Eu nunca disse *sim*, pelo menos não em voz alta, mas saímos caminhando de mãos dadas, e naquela noite ele estava na casa da minha família, diante da lareira, uma tira de pano nos atando as mãos, e nosso ano juntos tinha começado.

Nem minha mãe, nem meu pai, nem Angus, nem Fergus, nem as noivas deles sorriram. Suas expressões pareciam esculpidas na pedra. Mas eles não nos detiveram.

O que se comentava sobre Robbie na aldeia era o seguinte: diziam que ele era um músico muito, mas muito bom mesmo.

E era verdade.

Quando ele tocava, seu rosto se alterava e o olhar parecia o de um estrangeiro. De algum lugar bem longe daqui. Tínhamos alguns dos melhores violinistas da região, mas nenhum era como Robbie, nem de longe.

Era como se a alma estivesse nos seus dedos quando ele tocava. Era impossível não chorar quando Robbie tocava baladas, impossível não dançar quando ele executava jigas. Ele era o melhor que eu já tinha ouvido na vida.

Bom demais, diziam.

O que falavam por aí era que ele só cortava as unhas aos domingos. Certamente porque o capeta o obrigava a fazer isso, diziam, e era dali que vinha a agilidade dos dedos de Robbie. E quem já tinha visto olhos verdes como aqueles em alguém com a pele morena como a dele?

Todos diziam que minha relação com Robbie não ia durar muito. Nem mesmo um ano.

Nossa primeira noite juntos foi difícil. A casa que ele tinha construído estava inacabada, mas não foi essa a razão. Em doze horas ele tinha construído uma cabana com telhado, quatro paredes, um piso e espaços entre as tábuas para as janelas e a porta. Ele havia até feito uma lareira rústica. Eu me perguntei se as fadas o teriam ajudado. Até mesmo o colchão não era nem um pouco pior do que aquele no qual eu estava acostumada a dormir.

A casa não foi o problema. Foram os bebês.

Eu não queria nenhum.

Passamos pela porta nos beijando. Minha boca colada à dele, lábios, língua e dentes. Eu sentia o calor — dele, o nosso — viajando em ondas pelo meu sistema nervoso simpático. Minhas mãos percorreram sua camisa, sentiram o contorno das costas dele. Logo em seguida Robbie estava sem camisa, e eu estava alisando sua pele. Ele começou a puxar meu vestido para cima e a apalpar minhas coxas, e a sensação foi tão intensa que soltei um gemido, e então me contive e agarrei os punhos dele.

— Não — pedi, com esforço.

Ele me olhou, espantado.

— Não? Mas nós estivemos na celebração!

— Eu sei. Estivemos, sim. — Aí o soltei e sentei-me no colchão. Não havia mais nenhum outro lugar onde eu pudesse me sentar. Não tinhamos cadeiras, só uma caixa de madeira com as coisas dele dentro e um saco com as minhas. Ele se sentou perto de mim. Perto demais.

— Não posso ter filhos.

— Não pode? Mesmo? — E Robbie me olhou, entristecido. — Eu sempre quis ter filhos.

Suspirei profundamente. Uma das coxas dele estava encostada na minha. Eu podia sentir seu calor através das camadas de tecido rústico do meu vestido feito em casa e das calças dele. Sua camisa estava no chão.

— Quero dizer, não *quero* ter filhos.

— Nunca, na vida? — reagiu ele, horrorizado.

— Não quero ter filhos agora. Sou jovem demais. E não quero morar aqui...

— Mas nós acabamos de celebrar nosso casamento! Por que aceitou se não quer...

— Mas eu quero! Quero ficar com você, sim. Podemos ir embora juntos. Quero estudar muito, ter notas boas, ir para a universidade na cidade. Quero ser médica.

— Médica? — disse Robbie, como se eu tivesse acabado de revelar que queria ser uma montanha.

— Sim, mas se nós, sabe como é, e se eu... — Por que eu estava com tanta vergonha de pronunciar as palavras "grávida" ou "sexo"? Se eu me tornasse médica, teria que dizê-las o tempo todo. Eu corei. Podia explicar tudo que causava o enrubescimento do ponto de vista fisiológico — dilatação dos vasinhos sanguíneos do rosto, levando a um fluxo de sangue maior — mas não era capaz de deter o processo.

— Não quer transar porque não quer ficar grávida, porque isso vai impedir você de ser médica? É isso que quer dizer? — resumiu ele, sorrindo enviesado.

Concordei.

— Sabe que tem maneiras de...

— Sim, sei — respondi, com as faces ainda coradas. — Mas não são métodos confiáveis. Ou, se são, não temos como consegui-los. — Até onde eu sabia, ninguém na aldeia tomava pílula. A maioria das mulheres provavelmente nem sabia que existia uma coisa assim. O farmacêutico ficava a três aldeias dali e nunca daria a ninguém uma receita para algo em que não acreditasse.

— Então o que está querendo dizer, Jeannie? Está dizendo que não vai me beijar? — E inclinando-se, ele encostou os lábios nos meus, e meu coração começou a pular loucamente, os ventrículos esquerdo e direito juntos.

— Sim. — Suspirei, pressionando meus lábios contra os dele. Há mais terminações nervosas nos lábios do que em quase qualquer outra parte do corpo humano.

— Sim, não vai, ou sim, vai?

— Sim, eu vou beijar você — falei, beijando-lhe o lábio superior e depois o inferior. A boca de Robbie abriu-se ligeiramente, e eu senti sua língua roçar contra a minha.

Nós nos beijamos ainda mais profundamente. Ele me acariciou o rosto, depois meus cabelos, depois minhas costas. Eu sentia onde suas mãos estavam agora e onde tinham estado antes.

— Oh... — gemi.

Eu nunca tinha me sentido assim antes. Tão excitada. Tão perdida de paixão. Tão cheia de desejo. Ele começou a levantar a bainha do meu vestido.

— Robbie — sussurrei.

— Só quero te tocar — disse ele. E abaixando-se, ele beijou minha coxa nua, depois olhou para mim, sorridente. — Você não vai ficar grávida por isso.

Mas isso pode deixar a gente com vontade de fazer.

Durante a noite inteira nós nos acariciamos, nos aproximamos, nos afastamos, nos exaurimos. Já havia amanhecido quando finalmente dormimos.

* * *

Na manhã seguinte, Robbie me disse que esperaria.

— Nunca vou obrigá-la a fazer nada que não queira fazer.

— Promete?

— Prometo — disse ele, passando os dedos pelo meu rosto. Estremeci. — Mas não posso prometer que não vou reclamar. — E sorriu. — Está falando sério mesmo? É isso que quer?

— Ser médica? É, sim. — confirmei. Isso sempre foi o que mais quis na vida. Além dele, e ele era uma vontade ainda muito recente.

— Ir embora daqui?

— Sim! — confirmei. Podia imaginar o quanto me sentiria livre na cidade. Um lugar onde nem todos que a gente conhecia sabia onde morávamos ou qual eram os nomes dos nossos pais e todos os outros parentes.

— Bom, então vou ter que ir com você — disse ele, devagar. — Tudo o que sempre quis foi tocar meu violino e encontrar uma moça adequada. Agora que encontrei a moça, acho que posso tocar lá tão bem quanto toco aqui.

— Tem música na cidade, Robbie, muita música. Mas aposto que ninguém lá toca como você.

Ele riu.

— E como poderiam? Nenhum desses violinistas traz o capeta no bolso traseiro das calças!

* * *

Toda noite nós dormíamos abraçados. Nós nos beijávamos, nos acariciávamos, entrelaçávamos as pernas e mais nada, por mais vontade que tivéssemos. Durante o dia, Robbie arranjava mais trabalho: vendia bilhetes para os turistas, tocava para eles, consertava as cercas dos McKenzie, as portas da igreja, qualquer coisa que lhe oferecessem.

Não me deixaram voltar para a minha turma antiga na escola, de forma que não pude me sentar perto de Fiona. Fui para uma turma de alunos um ano mais novos que eu.

Não me importei. Estudava com mais afinco do que eles. Minha antiga professora começou a me emprestar livros de novo, e desta vez não tinha que escondê-los. Ela me deu mais um exemplar do *Anatomia e fisiologia*, de Goldstein — o livro que minha mãe havia me tirado. Eu não ia perder aquele livro outra vez.

Eu ia me formar. E entrar na universidade. Não me importava que na história da nossa escola apenas dois alunos tivessem conseguido ir para a universidade, e que, desses dois, nenhum tivesse se formado. Eu ia ser diferente. Eu e a Fiona.

Robbie disse que nunca tinha conhecido ninguém como eu. Quando eu falava na universidade, na cidade grande, ele só ficava me olhando, como se fosse impossível imaginá-la. Uma vez me disse: "E quando for médica, vai voltar para cá, não vai?"

Foi nossa primeira briga. Eu não podia entender por que ele amava aquele lugar; ele não conseguia entender por que eu o detestava.

— Eles detestam você — disse eu. No nosso caminho da igreja para casa naquela manhã, os meninos Macilduy tinham cuspido diante dos pés de Robbie. Ele continuou andando como se nada tivesse acontecido.

— Nem todos.

— Eles acham que você é algum duende.

— Estão só com inveja.

— Olha o que fizeram com o seu rosto — falei, tocando-lhe o nariz, a cicatriz sob o olho. Era só uma suposição, mas ele se encolheu. — Ninguém trataria você assim na cidade grande.

— Isso você não sabe — disse Robbie, pegando a rabeca e saindo.

Nós não nos sentávamos com a minha família na igreja. Não éramos convidados para jantar com eles. Passaram-se meses até minha mãe vir me visitar. Ela veio num dia em que tinha certeza de que Robbie não estava.

— Olha só que cabaninha minúscula — disse ela, sentando-se na cadeira que Robbie tinha feito. Eu me sentei no colchão. — Você podia ter coisa muito melhor.

— Gosto daqui. — Robbie estava montando outra cadeira e também ia montar um armário, para termos onde guardar os pratos e talheres que a família de Fiona havia nos dado. Nas pequenas etiquetas coladas nas peças lia-se "Fabricado na China". Eu nunca tive nada que viesse de tão longe assim.

— Ele não é bom o bastante para você.

— Eu gosto dele. — A cada dia eu gostava um pouco mais de Robbie. Ele não só me excitava, como também me fazia rir.

— Ele vai bater em você.

Bufei, depois encolhi-me, esperando que ela me desse uma surra de cinto. Mas aí percebi que estava na minha própria casa, e que ela não podia encostar nem um dedo sequer em mim.

— Não é o Robbie que é violento. — Pensei no nariz dele, na cicatriz no seu rosto.

— Não perde por esperar.

— Quer tomar chá? — Não tínhamos fogão ainda, mas a lareira não soltava mais tanta fumaça quanto antes. — Não vai demorar.

Minha mãe balançou a cabeça.

— E por que voltou para a escola?

— Gosto de estudar.

— E ele a deixa ir?

Percebi que minha mãe nunca se referia a Robbie pelo nome. Nem uma vez.

— Ouviu dizer que as vacas dos McKenzie adoeceram?

Eu tinha ouvido dizer, sim.

— E as dos Cowan também.

— Ele não está trabalhando para os McKenzie? Consertando as cercas deles?

— E daí? — indaguei, adorando poder discordar dela daquele jeito. Enfrentá-la na minha própria casa me fazia sentir forte. — Toda vaca fica doente de vez em quando.

— As pessoas estão falando por aí — disse mamãe, sorrindo pela primeira vez. Não era difícil imaginar quem estava comentando. Minha família era a primeira a fazer fofoca.

— É isso que as pessoas fazem. — E às vezes o que elas falam não é necessariamente ruim.

— É melhor torcer para elas não morrerem.

— As pessoas? — indaguei.

— Não, as vacas.

— As vacas morrem o tempo todo.

Mamãe cerrou os dentes e bufou, contrariada.

— E se você tiver um bebê? — indagou ela, tirando um pacote de ervas do bolso e entregando-o a mim. — Tome, isso é para manter você livre.

Depois que ela saiu, enterrei as ervas ao lado das prímulas silvestres na horta que eu tinha começado a plantar. Dois dias depois vi que as prímulas haviam morrido.

No dia seguinte, minha mãe veio trazer um pão de cevada. Parecia cansada. Mais cansada do que de costume. Empurrei meus livros para o lado, para ela poder colocar o pão na mesa que Robbie tinha acabado de montar. Ela suspirou ao se deixar cair na cadeira.

— Vai ficar com ele por mais de um ano?

Puxei a outra cadeira.

— Claro — respondi. Estava feliz. Tinha Robbie e meus estudos, e fora transferida para a série acima no dia anterior. Estava me sentando ao lado de Fiona de novo.

Mamãe começou a chorar.

Nunca tinha visto minha mãe chorar antes. Acariciei-lhe o ombro.

— Eu te amo — disse ela. Ela nunca tinha dito isso antes, também. Eu assistira a programas de televisão na casa de Fiona nos quais os pais diziam aos filhos que os amavam, mas nunca tinha visto ninguém dizer isso na vida real. Não soube o que responder.

— O que houve, mamãe?

— Só me prometa que ao fim do ano de casamento pagão não vai se casar a sério com ele.

— Não posso prometer isso. Eu o amo. — E era verdade. Já tinha percebido isso, embora ainda não tivesse contado a Robbie.

— Não está grávida, está?

Fiz que não com a cabeça, mas não lhe disse que não havia como estar. Não queria que ela soubesse o que acontecia ou *deixava de acontecer* entre aquelas paredes.

— Bom, eu tentei — disse ela, enxugando os olhos e ficando de pé.

— Como assim, "tentou"?

— Dizer-lhe que seria melhor se livrar dele.

— Mas estou muito melhor *com* ele. Estou feliz. Nunca me senti feliz antes.

Mamãe me olhou durante muito tempo, os olhos vermelhos de tanto chorar.

— Ele é um duende, sabe disso, não sabe? Não pode ficar com ele.

— Ai, mamãe — falei, suspirando. Como ela podia acreditar naquilo? — Olhos verdes não querem dizer nada. Você tem olhos verdes.

— Não como os dele — disse ela, balançando a cabeça. — Não acredita, mas devia. Olhe só esta casa. Até cheira a duende. Seu pai quer que você volte a morar conosco. Ele vai esperar até terminar o seu ano de casamento pagão, mas só se prometer.

— Prometer o quê?

— Que não vai se casar de verdade.

Ela não queria dizer o nome de Robbie.

— Não vou prometer nada. No fim do ano, vou me casar com Robbie para valer. É isso que quero. — *Isso, e sair desta aldeia horrível.*

— Vai cometer um erro.

Não respondi nada.

— Tem certeza?

— Tenho — respondi.

— Então já vou — disse minha mãe, ficando de pé.

— Tão cedo? Não quer uma xícara de chá? Bolinhos? Eu mesma os fiz — falei, apontando para o forno que Robbie tinha feito com pedras.

Ela balançou a cabeça.

— Não, não. Tenho que voltar à padaria. O seu pai está lá sozinho. E estão para chegar quatro ônibus cheios de turistas.

Ela ergueu a mão e tocou meu rosto. Outra coisa que nunca tinha feito antes.

Mais tarde, descobri que Fiona tinha vindo nos prevenir, mas chegou tarde demais. Minha família, seguida por uma multidão, chegou à minha cabana antes dela.

Estávamos nos beijando. Eu estava com as mãos sob a camisa dele, e ele com as mãos na minha cintura. Desejei que houvesse uma maneira de ter filhos, terminar a escola e, de quebra, ir para a universidade e me tornar médica.

Robbie sussurrou no meu ouvido, suas palavras fundindo-se umas com as outras, de forma que eu só podia ouvir seu desejo.

— Eu amo você — disse-lhe. Mais tarde, fiquei feliz por ter dito essas palavras.

— Eu te amo também, Jeannie — respondeu ele, olhando-me direto nos olhos, roçando meus lábios com as mãos. — Para sempre.

E foi aí que começaram a marretar a porta.

Nós demos um pulo. Robbie me puxou para mais perto de si.

Meu pai, Angus e Fergus entraram. Atrás deles, vi minha mãe, Sheila, Maggie e mais de metade da aldeia. Alguns traziam tochas. Meu pai carregava um machado.

— Que é isso? — perguntamos Robbie e eu juntos. Colei mais ainda em Robbie, e me agarrei nos seus braços, cruzados sobre o meu peito.

— Vamos ter uma reunião — disse meu pai. — Gostaríamos que você comparecesse. — Estava olhando para Robbie, não para mim.

— Obrigado pelo convite — disse Robbie, abraçando-me com mais força ainda. — Mas esta noite tenho outros planos.

Fiz que sim com a cabeça, sabendo que, se tentasse falar, minha voz talvez saísse trêmula demais para que entendessem o que eu diria.

— Você vai vir conosco — disse meu pai.

— Pa-pa-pai? — gaguejei. — Eu quero que ele fique. — Minha voz soou esganiçada.

— Ora, vamos, Jeannie — disse Angus, fingindo bondade. — Deixa ele vir com a gente. Estamos fazendo isso por você.

— Fazendo o quê, exatamente? — indagou Robbie, a voz calma. — Não vejo necessidade de sair da minha casa.

— Levem-no — disse Fergus.

Os três avançaram. Nós recuamos, agarrando-nos um ao outro com mais força.

— Não — disse eu. Quis gritar, mas minha garganta estava muito apertada.

Angus me agarrou. Soltei Robbie e comecei a me debater. Tentei cerrar os punhos, mas meu pânico me impediu. Acho que consegui acertar um ou dois pontapés nas canelas de Angus. Desejei estar calçada.

Mais homens haviam entrado na sala. Vi o Sholto McPherson e seu pai, os meninos Macilduy, os McAndrews, os Cavendish e os McKenzie também. Eles continuaram a puxar Robbie para longe de mim e a me puxar para longe dele. Ele dava socos e pontapés para todo lado a torto e a direito, mas os homens eram muitos.

— Deixem ele em paz! — gritei, sem poder nem ouvir minhas próprias palavras. Havia gente demais gritando, agarrando, xingando. Começaram a quebrar pratos, quebrar madeira.

Arrastaram Robbie para fora, cuspindo nele, chutando-o. Ele retribuiu à altura. Seu rosto estava todo ensanguentado.

— Robbie!

Tinham puxado meus braços para trás, segurando minhas mãos às costas. Sholto McPherson e Fergus estavam fazendo de tudo para me segurar as pernas. Acertei Sholto bem na cara. Meus dedos doeram horrores, mas valeu a pena. Tomara que tivesse quebrado o nariz dele.

— Robbie! — gritei, sem conseguir mais vê-lo.

— Calada, menina — disse minha mãe, com Sheila e Maggie ao lado dela. — Agora vão embora, Angus, Fergus, Sholto. Deixem que nós seguramos ela.

Assim que eles saíram, corri para a porta, mas minha mãe estava certa, ela ia me segurar. Ela e as minhas cunhadas me jogaram no chão e me seguraram ali.

— Me solta, mãe. Me deixa ir atrás de Robbie.

Tentei me levantar, mas Maggie estava sentada em cima das minhas pernas, sorrindo.

— Quem mandou celebrar o casamento pagão com um demônio?

— Ele não é demônio.

— Não sorria, Maggie — disse minha mãe. — Não tem graça nenhuma.

Maggie não disse nada, mas a expressão em seus olhos ainda continha o sorriso. Se Sheila e mamãe não estivessem segurando meus ombros, eu teria arrancado aqueles olhos.

— O que estão fazendo com ele? — perguntei, devagar. Era difícil pronunciar aquelas palavras sem que as lágrimas também escapassem. Eu não ia chorar na frente delas.

— Estão julgando ele — disse minha mãe. — Vai ser um julgamento justo.

Eu duvidava muito disso. Fechei meus olhos e mordi o interior das bochechas.

— O que vão fazer com ele?

— Ele vai receber o que merece.

— E o que ele merece? — Ele merece estar comigo, longe deste lugar, mas não era isso que iam lhe dar.

— Conseguem segurá-la bem, meninas? Acho que vou fazer um chá para nós.

Não sei quanto tempo se passou até Fergus voltar e cochichar alguma coisa no ouvido de mamãe. Pareciam ter sido horas. Meses. Elas deixaram que eu me levantasse. Eu estava enrolada como um feto no colchão, de olhos fixos na cabana repleta de pratos quebrados, escutando os cochichos, mas sem entender palavra alguma. Estava tentando ao máximo não pensar, não imaginar. Não podia suportar nem imaginar o que eles tinham feito.

— Precisamos lhe mostrar uma coisa — disse minha mãe, por fim, voltando-se para mim.

Levantei-me, sentindo cada lesão que eles haviam me infligido. Puxei o xale, ajustando-o em torno dos ombros, mas isso não me aqueceu nem um pouco.

Eles me levaram até o rio: minha mãe, Sheila, Maggie e Fergus, de mãos dadas, como se estivéssemos fazendo uma excursão para encontrar silenes noctifloras. Eu até pensei que fossem começar a saltitar. Se pudesse, eu os teria matado.

— Bem ali na frente — disse Fergus.

— Não pode fazer estardalhaço — disse minha mãe, virando-se para mim. — Senão vão fazer o mesmo com você.

Vi um monte de trapos. Metade dentro do rio, metade fora.

Mas não eram trapos. Minha garganta ficou ainda mais apertada, depois todo o meu corpo se contraiu. Ajoelhei-me ao lado dele. Sua cabeça e seus ombros estavam dentro d'água. Ele não se mexia.

— Mas Robbie não machucou ninguém — falei, baixinho. Desamarrei-lhe as mãos, que estavam erguidas bem alto, contra as costas. As cordas estavam molhadas e difíceis de mover. Os dedos dele estavam inchados e quebrados. Seus braços também. Empurrei seu corpo, tentando virá-lo. Agora estava arfando e toda molhada.

Ele não se parecia mais com Robbie. Seu nariz tinha sido tão espancado que chegava a estar esmagado contra o rosto. Seus olhos estavam sem brilho. Não eram mais verdes. E sua pele estava clara como nunca tinha sido, como se nenhum sangue circulasse sob ela. Ele também não tinha mais o cheiro do Robbie. Eles tinham expulsado o meu Robbie.

— Ele era um demônio — disse mamãe. — Um feiticeiro.

— Era meu marido — disse eu. — Meu amor.

— Era só um casamento pagão — disse ela. — Não era de verdade. Ele enfeitiçou você, só isso. — E, passando seu braço sobre o meu, ela me puxou para fora da água. Eu estava entorpecida demais para recolher o meu braço e me livrar dela. Não consegui chorar. Não consegui gritar. Sentia-me como se fosse uma pedra de gelo por dentro.

— Ele tinha olhos verdes — continuou mamãe. — E aquele jeito dele de tocar rabeca... Bom, não era certo. Ninguém sabia quem era o pai dele, nem a mãe. E você soube que as vacas dos McKenzie morreram, não? Logo depois de ele ter construído aquelas cercas.

Aquilo não era verdade. Nada assim jamais acontecera nos programas de tevê que eu tinha visto com Fiona nem nos livros e revistas que líamos juntas. Não hoje em dia. Não neste mundo. Nem neste país.

Eles eram todos loucos.

Por que eu tinha nascido naquela aldeia? A menos de 160 quilômetros da cidade grande, mas a mais de cem anos de distância dela no tempo.

Eles me levaram para a igreja e me mergulharam em água benta. Acho que alguns se decepcionaram porque a água não começou a ferver nem borbulhar por causa do calor da minha pele, que tinha estado tão perto da dele.

— Coitadinha, ter a mão atada a de um demônio. A moça teve sorte de ter sido libertada e não ter se manchado.

Se eu tivesse força suficiente, teria gritado, cuspido neles, dado pontapés em todos.

Mas não me restava força alguma. Eu só conseguia suplicar a eles que me deixassem sepultar meu Robbie.

Minha mãe interveio, e por isso me permitiram sepultá-lo, mas não no cemitério da igreja, e sem lápide.

Fiona, sua mãe e seu pai vieram ajudar-me a cavar a sepultura.

Fiona chorava. Sua mãe também. Desejei que eles parassem. Aquilo fazia meus olhos arderem. Eles ficaram o tempo todo me dizendo um monte de coisas, e eu escutava, mas não conseguia absorver nada. As palavras flutuavam à minha volta.

Meus olhos ficaram o tempo todo baixos, olhando a terra bater no peito de Robbie, nas suas pernas, nos seus braços, no seu rosto destruído e pálido. Mas o pior mesmo foi quando ele já estava todo coberto: não restou mais nada dele, só a terra.

Depois Fiona e seus pais me arrastaram para dentro da floresta e até o estacionamento. Não perguntei para onde estávamos indo. Mal podia enxergar. Só conseguia me lembrar do rosto de Robbie, emborcado no rio. De Robbie debaixo da terra. Tentava me lembrar dele rindo e do seu sorriso, e de quando seus olhos ainda eram verdes, mas só conseguia ver seu nariz esmagado, os dedos quebrados, as queimaduras de corda nos seus pulsos.

— Droga! — berrou o pai de Fiona.

Eu estava no carro deles. Fiona estava sentada ao meu lado. Sua mãe estava na frente, girando a chave de ignição, mas nada acontecia. Do lado de fora o sol estava nascendo. Eu podia ver os campos se estendendo de ambos os lados.

— Que foi? — indaguei.

— O carro quebrou — disse Fiona, saindo. Eu a segui.

O pai dela estava abaixado, olhando o motor na frente do carro e xingando.

— Tenta de novo! — gritou ele.

— Sinto muito — disse Fiona. Eu não sabia por que ela estava dizendo que sentia muito. Por causa do Robbie? Do carro? Da aldeia?

— Eu também — disse eu.

O pai dela bateu o capô. Depois fez sinal com a cabeça para mim.

— Desculpe, Jeannie, mas vamos ter que dar meia-volta e regressar à aldeia. Dougie precisa dar uma olhada nisso. Ele é um bom mecânico. Vamos tirar você daqui quando ele tiver consertado o carro — disse ele.

— Eu prometo. Não vamos esquecê-la.

— Gostaria que pudesse ficar com a gente — disse Fiona. — Sabe, até consertarmos o carro.

Assenti. Mas era impossível. Nossos pais já não se gostavam nada, seria provocação demais ficar lá.

— Vou ficar na cabana — falei, tentando não pensar no que tinha acontecido lá. — Acho que tenho dinheiro suficiente para terminar o meu ano na escola. — Nunca tinha morado sozinha, mas aquela cabana era minha. Cada tábua daquelas havia sido tocada por Robbie. Eu *precisava* voltar para lá.

— Ah — disse Fiona, cabisbaixa. Estávamos sentadas na cozinha dela. Seus pais tinham ido abrir a loja da família. Faltava uma hora para a primeira aula do dia.

— Ah o quê?

— A cabana. Eles...

— O que eles fizeram?

— Eles a destruíram, Jeannie. Puseram tudo abaixo. Acabaram com ela.

Dessa vez eu chorei, vendo Robbie na minha frente, tão destruído quanto a cabana.

Minha mãe veio me buscar no meio da primeira aula do dia. O filhinho de Angus e de Sheila, Tommy, estava com cólica e não havia ninguém para cuidar do menino.

A professora me deu licença para sair mais cedo.

Caminhei ao lado dela sem dizer palavra. Também não a toquei. Tinha jurado que nunca mais falaria com nenhum deles, nem os tocaria.

Minha mãe não comentou o fato de eu ter voltado a morar na padaria, mas havia um saco com meus pertences sobre a minha cama antiga. Sem livros, sem dinheiro, sem nada que Robbie tinha me dado, só minhas roupas.

Eles me acordaram à meia-noite para ajudar a assar pães. E quando deu hora de ir para a escola, tive que tomar conta de Tommy de novo.

Trabalhei pesado fazendo a massa do pão, moldando-a, socando-a e transformando-a em pão à força.

No final do dia, fui até a casa de Fiona. O carro ainda estava quebrado. Dougie não sabia o que era. Tinha mandado buscar novas peças. Quem sabe na semana seguinte?

Eu não ia conseguir esperar até a outra semana. Fiona me deu dinheiro, o endereço de sua tia na cidade grande, comida, água e sua bicicleta.

Um pneu estourou pouco depois do primeiro quilômetro. Deixei a bicicleta na beira da estrada e peguei a mala para levá-la nos ombros. Andei dois passos e depois caí, sentindo uma dor horrível do lado do corpo.

Meu pai me encontrou caída na estrada e me levou para a padaria. A parteira veio e disse que eu estava ressecada e sedenta (exausta e desidratada, diria um médico de verdade). Passei o resto do dia na cama bebendo água, fazendo xixi num urinol e detestando minha família e aquela aldeia.

Os pais de Fiona compraram outro carro, e dessa vez meu pai, Angus e Fergus me encontraram antes que saíssemos do estacionamento. Não perguntaram aonde estávamos indo. Simplesmente se plantaram diante do carro, firmes como carvalhos. Seus rostos nem se mexiam. Eles não reagiram a nada que o pai de Fiona lhes disse.

Eu os segui em silêncio até em casa.

Depois o verão voltou, e com ele o Dia de Lammas. Fui até a colina, com quase 17 anos e já viúva, tão longe de sair daquele lugar quanto antes. No ano seguinte Fiona ia saber se havia conseguido entrar na universidade. Podia estar já morando na cidade grande. E eu ainda estaria ali.

Concordei em celebrar o casamento pagão com Charlie McPherson porque não podia suportar nem mais uma noite morando na casa dos meus pais. Além do mais, ele não queria encostar em mim mais do que eu nele. Ele não gostava de meninas; eu não gostava de ninguém que não fosse o Robbie.

Charlie era um homem bondoso. Juntos, estávamos ambos seguros. Embora morássemos perto da família dele, não morávamos com eles. Seu pai ficou tão encantado de ver Charlie com uma moça que ajudou a construir uma cabana para nós. Não era como a minha cabana de antes. Tinha quatro quartos, não um, e suas paredes e janelas não eram graciosas. Mas era melhor do que a padaria, e eu não ia precisar tomar café da manhã com aquele irmão idiota, egocêntrico e assassino do Charlie, Sholto, toda manhã.

Nossa vida foi prosseguindo, ficando mais tranquila. Charlie e eu economizávamos tudo que ganhávamos ajudando os turistas. Ele tinha tanta vontade de sair daquela aldeia quanto eu. Quando conseguíssemos ir morar na cidade, trabalharíamos em todos os empregos que pudéssemos encontrar e voltaríamos a estudar. Charlie era bom em matemática e queria fazer alguma coisa, qualquer coisa, que o mantivesse cercado de números todos os dias. Talvez ser professor de matemática. Ele não se importava. Não era Robbie, nem mesmo Fiona, mas eu gostava dele. E sabia que ele não tinha participado do assassinato de Robbie. Diferente do seu pai, do seu irmão e de metade dos homens da aldeia.

A tristeza que me cercava o coração começou a passar. Ligeiramente.

Em algum lugar, alguém percebeu esse meu alívio, e no Dia de Lammas seguinte, quando completei 17 anos, dois anos depois daquele belo dia de verão em que Robbie se sentou ao meu lado e pediu minha mão — naquele dia, meu Robbie voltou para a aldeia.

Eu estava vindo do poço, com um cântaro na mão e a primogênita de Fergus e Maggie, Bonnie, apoiada no quadril, quando o vi. Ele veio na minha direção, mais alto do que me lembrava que ele era, vestido com roupas bem mais bonitas. Levei um susto. Meu queixo caiu. Depois fechei a boca. A imagem projetada nas minhas retinas era a dele, mas meu cérebro não conseguia ver sentido naquilo.

— Robbie?

O nariz dele estava perfeito. A cicatriz na face já não existia mais. Bonnie remexeu-se no meu colo, tentando puxar meus cabelos com aqueles dedinhos pegajosos. Como podia ser Robbie?

Ele veio andando direto na minha direção. Parou a menos de dois palmos de distância. Ninguém gritou, nem tentou detê-lo, nem o apedrejou. Ninguém mais estava boquiaberto. Ninguém olhou para ele. Ele era um fantasma.

O silêncio desceu como uma névoa sobre a aldeia. Os movimentos de todos ficaram vagarosos, depois pararam totalmente. Bonnie parou de estender a mão para me puxar o cabelo. Estava babando, mas a baba não caía.

— Você é... — comecei a falar, sem saber como fazer minhas perguntas. Quis pôr o bebê no chão, jogar-me nos seus braços.

Robbie ficou me olhando. Sua pele estava ligeiramente esverdeada, como se ele estivesse com alguma doença.

Coloquei o cântaro no chão, e o bebê imóvel ao lado dele.

— Seu corpo é falso — disse ele —, mas seu rosto é belo. Não levou muito tempo, levou? Para conseguir outra pessoa? E também um bebê?

— Um bebê? — perguntei, confusa. — Ela não é minha filha, Robbie. É do meu irmão. Por que está dizendo essas coisas tão estranhas? O que é você?

— No lugar onde estive, Jeannie, eu podia ter escolhido uma nobre, uma rainha para ser minha esposa. Mas não consegui esquecer minha Jeannie e os votos que trocamos.

— Onde esteve, Robbie? Você... morreu! Vi seu cadáver. Eu sepultei. — Meus olhos arderam. Ainda podia vê-lo dentro da cova. Seu rosto e seus dedos destruídos. E de repente ele aparecia de novo, sem nem mesmo uma saliência no nariz. Eu queria tocá-lo, aproximar-me, sentir seu cheiro, ver se era mesmo o meu Robbie.

— Desprezei as riquezas dela, suas pérolas, suas peles, sua luz. Eu a desprezei, mesmo atraente como era, porque no meu coração só consigo pensar em voltar para você. Mas você agora não é mais virgem, é?

— Ainda sou.

— É? — disse ele, áspero e incrédulo. — Você tornou a se casar. Eles me contaram.

— Com Charlie McPherson. Lembra-se de Charlie?

— Está dizendo que esperou por mim? Manteve-se intacta? — Agora parecia zangado.

— Nunca traí você — respondi. — Você tinha morrido. Eu o sepultei. Sete palmos debaixo da terra, sem nenhuma flor em cima.

— O que é a terra, senão um caminho para o reino subterrâneo?

Sentei-me, ou melhor, minhas pernas fraquejaram.

— O reino subterrâneo?

— Onde vive o belo povo. Onde o rei e a rainha deles governam. Era a rainha deles que me queria.

O belo povo. Os verdes. Fadas. Duendes. Todas as coisas em que meus pais acreditavam e eu queria estudar para esquecer.

— Eles vivem debaixo da terra? As fadas? — E pus a minha mão na terra, deixando-a penetrar sob minhas unhas, esperando que alguma coisa tentasse me agarrar.

Robbie agachou-se, chegando mais perto de mim. Cheirava a terra. Seus olhos agora eram maiores do que antes. E muito mais verdes. Estendi a mão para tocar a dele. Estava quente, como se o sangue ainda circulasse sob as camadas de sua pele. Esperava que estivesse fria. Sua pele contra a minha, epiderme contra epiderme, me fez sentir o que sentia quando ele estava vivo: desejo.

Ele se aproximou ainda mais. Seus lábios estavam quase tocando os meus. Sua respiração cheirava a terra. Senti vontade de beijá-lo.

— Eu podia matá-la — disse ele. E pôs as mãos dos dois lados da minha cabeça. — Agora estou muito mais forte. Podia lhe esmagar o crânio.

— Eu amo você — disse eu, feliz por minha voz não estar trêmula.

— Essa foi a última coisa que você me disse antes de eles me arrastarem para longe.

Não tinha sido a última. Minha última palavra para ele tinha sido seu nome, que eu gritara tão alto quanto a minha voz tinha permitido.

— Isso era mais verdade naquele dia do que é agora? — indagou ele, pressionando os lados da minha cabeça ainda mais.

— Sempre foi verdade, Robbie. Sempre será. Faz mais de dois anos que você foi enterrado. — Uma lágrima deslizou pelo meu rosto.

— Quatro semanas, para mim. Há um mês você estava comigo.

— Quatro semanas? — perguntei. Ele tinha dezoito anos quando o mataram; e agora continuava com dezoito anos. Ao passo que eu mesma já era quase daquela idade.

— Você arranjou outro marido.

Balancei a cabeça.

— Charlie McPherson? Ele não é meu marido de verdade.

— Esqueceu-se de mim completamente.

— Não é...

— Não é o quê, meu amor? Não é verdade? Aquela criança que deixou na grama não é sua? O anel no seu dedo pertence a alguma outra moça?

— Bonnie não é minha filha. Por que não me escuta? E meu marido... é o Charlie! Lembra-se do Charlie? Ele não se interessa por meninas. Continuo tão virgem quanto no dia... — E aí fiz uma pausa. — Quanto no dia em que mataram você.

— Nossos votos se despedaçaram e foram esquecidos? — disse Robbie, baixinho. Estava apenas monologando, sem me ouvir. Sorriu, mas sem alegria, só lábios e dentes. — Você se casou com outro. Teve um filho.

— Não foi isso! Não tive. Olha pra ela! Veja seus cabelos! Esses olhinhos apertados. É a cara da mãe, Maggie. Nenhum filho meu se pareceria com ela.

— Por que não podia ter esperado? — E as mãos dele pressionaram com firmeza os lados do meu crânio.

Comecei a imaginar que lado se partiria primeiro se ele começasse a espremer. Quanto tempo eu levaria para morrer?

— Esperado? Você tinha morrido, Robbie! Eu o segurei nos meus braços, todo moído de pancadas. Seu nariz estava esmagado, achatado contra o seu rosto. Seus olhos estavam baços. Meu pai, meus irmãos, Sholto McPherson, o pai dele, até o padre, todos aqueles homens horríveis, moralistas, foram eles que mataram você.

— Mataram, sim — concordou ele, prestando atenção ao que eu dizia, afinal. — Eles me xingaram, cuspiram em mim enquanto eu agonizava depois de me chutarem, me socarem e me apedrejarem.

— Então por que é que sua pele está quente agora? Vendeu a alma para obter outra vida?

— Não — disse Robbie. — Depois que morri, afundei na terra até entrar no reino dela; todos os meus ossos se reconstituíram, minha pele se curou.

— Suas cicatrizes se foram. Aqueles calombos no seu nariz sumiram. — Encostei os dedos no nariz de Robbie, agora perfeito. Eu podia sentir a força de suas mãos. Não seria necessário muito esforço para ele me esmagar.

— Lá embaixo todos têm olhos verdes.

— Eles são seus parentes?

Ele assentiu.

— Era verdade o que diziam. Sou duende. Feiticeiro, elfo, parente de fadas.

— Talvez elas sejam parentes suas porque estão mortas como você. Quando você me matar — disse eu, desafiando-o, mas aterrorizada, achando que ele toparia o desafio —, também serei parente delas.

Por um momento, a pressão de suas mãos no meu crânio aumentou. Contive os gritos. Depois ele riu, e sua mão esquerda deslizou até um dos lados do meu rosto.

— Estou tão quente quanto você.

Soltei um suspiro. Ele não ia me matar ainda.

— Você não tem o mesmo cheiro de antes — comentei.

— Esse cheiro vai passar. — Robbie ajoelhou-se. — Servi a rainha durante quatro semanas, e todos os dias ela me pedia para ser dela, e todos os dias eu negava. Depois ela me libertou. Eles me disseram que você não seria fiel a mim.

— Estavam errados.

— Disseram-me que eu voltaria para você e que você já estaria com outro e uma criança. Disseram-me que se esqueceria do meu nome. Ri deles, mas não tanto quanto riram de mim. — E sua voz ficou fraca. — Eles não mentem, entende. Eles não *podem* mentir.

Era o que diziam as canções, e mesmo assim eles só tinham contado mentiras a Robbie.

— Eles se enganaram. Nunca me esqueci do seu nome, Robbie. Nem um dia se passou em que eu não tivesse pensado em você. Não tive filhos e estou casada com um homem que nunca vai me tocar. Nunca estive com outro homem que não fosse você.

— Você não esperou.

— *Nunca* vou me deitar com nenhum outro homem. Tentei fugir deste lugar várias vezes. Só penso em fugir deles e de tudo que fizeram com você. Tentei fugir. Este lugar não me deixa escapar.

— É verdade — disse ele. — Eles puseram uma *geas* em você. Não vai poder fugir, por mais que corra. Seus caminhos estão bloqueados.

— Quê? Uma *geas*? — Eu conhecia aquela palavra. Por que não conseguia lembrar o que significava?

— Seus pais. Eles usaram meu sangue para fazer um feitiço de amarração em você, para segurá-la aqui. Enquanto eu estivesse debaixo da terra, você não poderia fugir. — Robbie se ergueu, puxou-me para seu lado e deu aquele seu sorriso rígido de novo. Estava de mãos dadas comigo. — Venha comigo.

Acompanhei-o, entorpecida. Meus pais tinham usado magia, o sangue de Robbie, para evitar que eu fosse embora dali. E eu, que tinha pensado que não era possível sentir mais ódio deles do que já sentia. O carro quebrado de Fiona, a bicicleta, a dor na lombar, tudo por causa dos meus pais.

Saímos da aldeia, passamos pelo estacionamento e pelos ônibus turísticos. Um bando deles estava paralisado, alguns com as câmeras voltadas para a aldeia, outros para o mar.

Ele me levou até o alto de um penhasco. O oceano rugia lá embaixo. Não havia vento. As gaivotas acima de nós estavam paradas em pleno voo também.

— Eles mataram você para me prender aqui — disse eu.

Robbie riu.

— Ah, não. Eles queriam que eu morresse porque me odiavam. A *geas* foi esperteza deles. Por que desperdiçar todo aquele sangue de duende?

— Vou matar todos eles.

Ele riu.

— E eu vou ajudar.

Pus a mão no peito dele e não consegui sentir seu coração batendo. Toquei-lhe a garganta e não encontrei pulsação.

— Você está quente — repeti.

— E esverdeado. E morto para este mundo.

Inclinei-me para a frente, para que meus lábios ficassem perto dos dele. O ar entre nós ficou estático. Pude sentir o calor de sua boca, mas nenhuma respiração. Só senti cheiro de terra. Mesmo assim, senti desejo por ele.

— Acredita agora no que eu disse sobre Bonnie? Sobre Charlie? — perguntei, olhando nos seus olhos tão verdes.

Ele sorriu. O primeiro sorriso igual ao do meu Robbie de antes.

— Ela não se parece mesmo muito com você. E eu me lembro de Charlie, sim. Gostava dele porque era quase tão odiado quanto eu.

— Ótimo — falei. — Os duendes são uns mentirosos.

— Eles não podem mentir.

— Mas podem enganar, não podem? Eles podem confundir as pessoas. Não é assim que enganam os heróis nas canções? Eles disseram uma coisa que não é mentira, mas também não é verdade. Não disseram que eu tinha uma filha, não foi? Só que você ia me encontrar com uma criança.

Robbie assentiu.

— Nunca menti para você, nunca disse nada que não fosse a mais pura verdade.

— Não — disse ele, tocando-me o rosto. — Tinha me esquecido disso. Eles podem fazer a gente se esquecer das coisas.

— Nós nunca fizemos nada de mais, juntos — disse eu por fim, chegando mais perto dele.

— Nós nos beijamos. Nós nos abraçamos — disse Robbie, seus lábios aproximando-se dos meus. — Acariciamos o corpo um do outro, da cabeça aos pés.

Assenti.

— Eu tinha a impressão de que ia explodir.

Ele riu.

— Eu explodi. Você também. Muitas e muitas vezes. Você me deixava maluco.

— Eu não tive opção. Não podia ser esposa e mãe, não sem desistir dos meus sonhos. Eu nunca quis nada disso. A não ser com você.

— Mas só depois, você dizia. Depois que se tornasse médica.

— Sim, mas eles tiraram nosso depois, não tiraram?

— Não totalmente, Jeannie, meu amor. Onde estive, há pérolas, seda, veludo e ouro. Mais livros do que jamais vi antes. Tudo será seu se for comigo. Se lembrar os nossos votos. Só precisa me seguir. — E olhou para o mar, avançando mais para perto do abismo, levando-me junto.

— Quer que eu morra e deixe este mundo, como você?

— Sim. — E ele deu um sorriso maior, bem mais desvairado. — Nós podemos ficar juntos. Lá é bem mais bonito do que aqui.

Seus lábios tocaram os meus. Senti-me como se estivesse eletrizada. Foi bem mais forte do que nossos beijos de antes. Ele não tinha coração, nem pulsação, mas senti tanto desejo por ele quanto na noite em que o vi pela primeira vez, tomando banho no rio.

— Por que ficaria aqui, Jeannie? Deixe a sua família. Você nunca os amou, eles nunca a amaram. Venha comigo. Aprenda com o povo verde. Eles têm mais conhecimentos do que qualquer pessoa deste mundo. Eles vão ensinar a você tudo que quiser saber. Pode ser médica lá bem mais facilmente do que poderia aqui. O mundo deles é maior do que este. Vamos explorá-lo juntos.

— Mas não sou fada, Robbie. Como sabe que eles vão me levar como levaram você?

— Você é fada, sim, todos são — disse ele. — Alguns são mais do que outros, e alguns muito menos, mas não há ninguém nesta aldeia, nem em nenhuma outra, que não tenha pelo menos uma gota de sangue de fada.

Quis discordar dele, mas meus pais tinham me prendido com uma *geas*. E além disso senti a verdade no que ele estava dizendo. Fiona e sua família nunca tinham se oposto diretamente aos meus pais. Nunca falaram em recorrer a autoridades de fora da aldeia. Eles sabiam. Eu sabia. As regras naquela aldeia não eram as mesmas do mundo externo. Porque eles eram fadas. Nós somos fadas. Eu sou fada.

— Sob certas luzes — disse Robbie —, seus olhos são verdes. Já estão ficando um pouco da cor que terão depois. — Vem comigo, Jeannie. — E me puxou para mais perto de si. Senti seu amor, seu desejo. Eu o queria da mesma forma.

Ele deu mais um passo para a beirada do penhasco.

— Vamos ficar juntos, você e eu, Jeannie.

Pedrinhas se deslocaram sob meus pés. Saltaram para os lados, caindo na água lá embaixo.

— Ainda não. — Meu coração batia com força. — Andei economizando ao máximo. Eu e Charlie vamos fugir para a cidade. Agora podemos, não podemos? Você está acima da terra, portanto...

— A *geas* se rompeu — concordou ele.

— Por que não vem comigo, Robbie? Vamos para a cidade. Poderíamos nos casar para valer. Você pode tocar. Eles vão lhe pagar. Você é o melhor violinista que já conheci. Vai ser rico!

Ele deu um chute no chão, precipitando mais terra e pedras no abismo.

— Debaixo da terra eu sou rico.

— Vem comigo, Robbie! — Tentei imaginá-lo na cidade, com prédios altos, carros e quase nenhuma árvore ou flor. Eu só tinha visto Robbie ali. Naquela aldeia pequena, com sua pracinha, suas árvores, o rio. Até me imaginar em qualquer outro lugar era difícil.

Ele balançou a cabeça.

— A cidade é feita de aço, ferro e cromo. Tem carros, caminhões, gasolina, fumaça e poluição. Tudo por lá queima. Não, Jeannie, você é que precisa vir comigo.

Estávamos tão perto da beira do penhasco que se ele me desse até mesmo um empurrãozinho poderia me fazer cair.

— Não quero morrer.

— Não é morte, Jeannie — disse ele, beijando-me a boca. — É uma vida maior. Um mundo maior.

— Quero uma vida com você, Robbie. Quero, sim. Longe da minha família e desta aldeia. Mas quero ter um coração que bata. Quero o Robbie que tinha antes de eles virem buscá-lo. Antes de você ser enterrado. Por favor, Robbie, fuja comigo.

Ele me abraçou com mais força. Senti seus beijos no alto da minha cabeça. Minha garganta estava apertada, e os olhos ardendo por causa das lágrimas que brotavam.

— Não posso — disse ele. — Quando o sol se puser, minhas roupas virarão penas, meu corpo virará cinzas. Neste mundo, estou morto, Jeannie.

Apertei-o. Tornei a beijar-lhe a boca, o rosto, os olhos, o pescoço.

— Mas você não parou o tempo?

Ele riu.

— Não. O sol continua se deslocando, assim como o mar, lá embaixo. Posso ser duende, mas não sou deus.

— Quanto tempo temos? — murmurei. — Uma hora? Duas?

— Uma hora, no máximo.

Caímos de joelhos.

— Ou você podia vir comigo, Jeannie. É lindo lá embaixo...

— O que sua rainha vai fazer comigo? Não vão nos enganar e nos separar? Não podemos confiar neles. Olha como jogaram você contra mim.

— Mas nós vencemos, Jeannie. Eles respeitam os vencedores. Pode aprender a ser médica lá. É um mundo imenso. Mais vasto do que este.

— Não acredito nesse mundo, Robbie. Sinto dificuldade até de acreditar que exista mesmo a cidade grande.

— Seríamos felizes.

— E se eu mudasse de ideia? Eles me deixariam voltar para este mundo?

— Você seria uma fada, Jeannie.

— Eu me queimaria se tocasse alguma coisa feita de ferro. — Balancei a cabeça, desabotoando-lhe a camisa. Ele tirou o casaco, jogando-o longe.

— Nunca esqueci você.

Ele tirou minha blusa, beijou-me o ventre. Senti meu rosto arder.

— Você ainda é o que era, Robbie. Mesmo sem coração.

— Sou.

Nós nos enroscamos um no outro, nos contorcemos, depois cobrimos cada poro de nossas peles de beijos. Em torno de nós o mundo ia ficando mais escuro a cada segundo.

— Preciso ir — disse ele, abraçando-me com força. — Você vem?

Em parte, eu queria ir. Queria ficar com ele para sempre. Depois da morte, no outro mundo... Mas...

— Eu te amo — disse eu. — Sempre amarei. E a mais ninguém.

— É uma promessa?

— É — disse eu, e a palavra "promessa" ecoou dentro de mim.

Ele tornou a me beijar. Com força, puxando-me para perto do penhasco. Senti que ele estava ficando mais pesado, senti seu corpo deslizar para a beirada — para o oceano e seu reino verde lá embaixo. E ele estava me puxando consigo.

— Não, Robbie — falei, tão rápido quanto pude. — Você me prometeu uma vez. Lembra? Disse que nunca ia me obrigar a fazer algo que eu não quisesse. E não quero ir, Robbie.

Ele ergueu os olhos cheios de lágrimas para mim. Eu não sabia que os duendes choravam.

— Você me prometeu.

— Eu te amo — disse ele.

E depois me soltou. Caí para trás. E ele caiu do penhasco.

— Adeus, Robbie

Ao meu lado, as roupas dele transformaram-se em penas. O vento ficou mais intenso, arrastando-as pelo ar, agitando também meus cabelos e tudo ao meu redor. Afastei-me do penhasco, agarrando minhas roupas antes que fossem sopradas para longe, voltei a vestir-me e fui andando até a aldeia, passando pelos turistas curiosos e suas incessantes câmeras, pelos aldeões de visão limitada, incapazes de se desligar do passado.

Maggie correu até onde eu estava para me dar uma bronca por ter deixado sua filha sozinha. Fingindo que não estava escutando, peguei o cântaro e voltei para a casa de Charlie.

Uma semana depois, já estávamos na cidade, morando em uma pensão barata. Encontrei uma padaria onde trabalhar, Charlie encontrou um jornal. Eles nos deixaram voltar a estudar. Na cidade, estávamos livres.

O bebê nasceu em maio: Fata Esmeralda. Ambos os nomes inspirados pelo meu Robbie.

Fan fic

GABRIELLE ZEVIN

Um

Você conhece esta menina.

Os cabelos dela não são longos nem curtos, nem claros nem escuros. Ela os divide exatamente no meio.

Ela se senta bem no meio da sala de aula, e quando pegava o ônibus da escola, sentava-se exatamente no meio dele também.

Ela participa de clubes, mas nunca é presidente deles. Às vezes é secretária; em geral, é apenas mais uma integrante. Quando lhe pedem, ela pinta cenários para a peça da escola.

Ela sempre tem um acompanhante para os bailes, mas nunca é a primeira escolha de ninguém. Aliás, ela nunca é a primeira escolhida para nada. Sua melhor amiga se tornou sua melhor amiga quando outra menina se mudou de lugar.

Ela tem um grupo de meninas com o qual almoça todos os dias, mas elas a deixam profundamente entediada. Às vezes, quando ela não aguenta mais, prefere comer na biblioteca, sozinha. A verdade é que ela prefere os livros às pessoas, e a bibliotecária sempre parece feliz em vê-la.

Ela sabe que a vida dos outros às vezes é pior do que a dela. Não é pobre, nem feia, nem solitária, ninguém mexe com ela. Naturalmente, também sabe que o motivo pelo qual ninguém mexe com ela é que ninguém nunca a nota.

E não é porque ela não tenha qualidades.

Ela talvez seja bonita, se alguém se preocupar em olhar. E suas notas são razoavelmente boas. Ela também não é de beber antes de dirigir. E sempre diz NÃO às drogas. Além disso, sempre está onde diz que vai estar. E liga quando vai se atrasar. E sente-se ligeiramente, talvez apenas ligeiramente, morta por dentro.

Ela pensa: *Você pensa que me conhece, mas não conhece.*

Ela pensa: *Ninguém faz a menor ideia do que se passa no meu coração.*

Ela pensa: *Nenhum de vocês tem a menor ideia do quanto eu sou real e verdadeiramente bonita.*

Ela pensa: *Me vejam. Me vejam. Me vejam.*

Às vezes ela pensa que vai gritar.

Às vezes ela pensa em meter a cabeça num forno.

Mas não mete.

Só escreve tudo isso no seu diário e fica esperando.

Esperando que alguém a veja.

Dois

A bibliotecária da escola é nova este ano, apenas ligeiramente mais velha do que os alunos. Ela usa saias justas, suéteres de cashmere e sapatos tipo boneca de couro envernizado. Uma bibliotecária muito capa da *Playboy*. Os garotos do primeiro ano costumam inventar que precisam pegar algum livro na biblioteca só para olhar os peitos dela. A nova bibliotecária está cheia de ideias e sugestões de livros e do que Paige — será que esqueci de mencionar que o nome da menina é Paige? Deixa pra lá, já aconteceu antes — considera um entusiasmo cansativo. Paige preferia a antiga bibliotecária (que, aliás, era também *antiga*), com a pele do mesmo tom cinzento das paredes.

— Oi, Paige — sussurra a bibliotecária de calendário de borracharia, em tom conspirador. — Talvez goste deste aqui. É novo. — E coloca um livro na mesa diante de Paige. A sobrecapa é negra e lustrosa. Não há foto, nem ilustração, só o título, em letras prateadas: *Os imortais*.

Paige fica ressabiada.

— Sobre o que é?

— É fantasia — diz a bibliotecária.

— Sabe o que é, srta. Penn, eu meio que detesto fantasia. — Paige acha que esse gênero é para fracassados e pessoas sem vida social.

A bibliotecária dá uma risada.

— Mas é um romance.

Paige considera a maioria dos romances modernos uma droga, mas não quer desapontar a modelo de calendário.

— Bom, se é assim...

A bibliotecária torna a rir. Ela é do tipo que vive rindo.

— Não precisa se casar com o livro. Só dê uma olhadinha e, se não gostar, é só devolvê-lo, colocando-o na prateleira de lançamentos, no caminho da saída.

Paige, por pura condescendência, resolve ler o primeiro parágrafo:

Há dois tipos de gente neste mundo: o que acredita no amor e o que não acredita. Eu acredito no amor.

Ela fecha o livro. Não é mesmo o tipo de livro do qual ela gosta. Para começar, Paige se considera uma "incrédula".

Ela vai até a estante dos lançamentos para recolocá-lo na prateleira. (A antiga bibliotecária nunca teria feito um pedido assim tão insolente.) O sobrenome do autor começa com R, e há um espaço conveniente na prateleira, aguardando a devolução de *Os imortais*.

Paige está para afastar a mão da prateleira quando sente que há alguém olhando para ela. Fica parada um momento, saboreando a sensação de estar sendo notada. Por fim, vira-se, vagarosamente.

Definitivamente, ela nunca viu (nem foi vista) esse menino antes. Os olhos dele são de um tom que ela não sabia que os olhos podiam ter, um violeta escuro com pontinhos prateados e cinzentos no meio. Ele tem um jeito de quem precisa de uma boa noite de sono. Seu casaco é preto e meio lustroso, e parece muito com a sobrecapa do livro que ela acabou de devolver à prateleira. Há algo de antiquado nele, mas ela não consegue distinguir exatamente o quê. Ele é, a propósito, bonito a ponto de deixar Paige meio distraída.

— Não era bom? — pergunta ele.

— Alguém achou que eu pudesse gostar dele, mas não é o tipo de leitura que aprecio — diz ela, sem pensar. — Prefiro livros antigos. Clássicos, quero dizer.

— Uma pena. Eu esperava uma recomendação.

— O *morro dos ventos uivantes* — sugere ela.

— Já li esse.

— O *tambor*.

É, ele já tinha lido esse também. Ela continua mencionando outros títulos, e ele já conhecia todos.

— Se não for livro novo — diz ele, por fim —, eu provavelmente já li. Já li de *tudo*.

"Está mentindo", pensa ela. Ou gosta de se gabar. Provavelmente as duas coisas. Mas o tipo de menino que gosta de se gabar (ou mentir) dizendo que já leu de tudo a atrai.

— É novo na escola? — indaga Paige.

O rapaz sorri, mas seu sorriso não é alegre.

— Ah, sim, sem dúvida. Esta deve ser a minha milionésima escola.

Toca o sinal, e ele a fita por um momento.

— Uma pena você não gostar de livros novos, Paige. Estava torcendo para encontrar alguém com quem conversar por aqui. — E enquanto ele a olha nos olhos, pela primeira vez na vida Paige sente que alguém a está enxergando, real e verdadeiramente. — Ser aluno novo na escola às vezes faz a gente sentir solidão. — Ele diz essa última frase bem rápido, como se preferisse não dizê-la, mas não consegue se conter.

E depois some.

Muitas luas depois, relembrando essa conversa pela milionésima vez, Paige vai se perguntar como ele sabia o seu nome sem nem mesmo ter perguntado. Só que agora, o que ela pensa é: Ser *qualquer* aluno na escola faz a gente sentir solidão. Ela tira uma caneta do bolso e escreve "Todos sentem solidão" na palma de uma das mãos. É uma revelação para ela. Antes pensava que era a única, e sempre tinha procurado ocultar sua solidão o melhor possível, da mesma forma em que se oculta uma cicatriz particularmente repulsiva.

Ela tira *Os imortais* da estante. Lê o primeiro parágrafo outra vez:

Há dois tipos de gente no mundo: o que acredita no amor e o que não acredita. Eu acredito no amor.

Ela não sabe o motivo, mas aquilo lhe parece diferente, melhor, até bom desta vez.

Três

Naquela noite, na cama, ela tenta estudar, mas não consegue se concentrar.

Ela pega o livro que trouxe da biblioteca, mas nem isso adianta. Só a faz se lembrar daqueles estranhos olhos cor de violeta.

Não é que ela goste particularmente de pensar nele, nem em nenhuma pessoa. A maioria das pessoas tende a decepcionar depois que a gente as conhece a fundo, e ela já se decepcionou com tantas delas antes...

Ela sabe que não aconteceu nada de significativo entre eles, que nenhum dos dois disse nada de importante.

Mesmo assim...

Ela joga o livro para um lado.

Olha-se no espelho e imagina se agora parece diferente do que era de manhã.

O pai bate à porta: a mãe de Paige está no telefone, pedindo para falar com ela.

— Estou lendo — diz Paige. — Ligo para ela depois.

Paige decide que está diferente, sim. De agora em diante, vai dividir os cabelos para o lado esquerdo.

Quatro

Ela está diferente, o que significa que não faz as coisas que normalmente faria em uma situação como esta.

Ela não volta à biblioteca no dia seguinte para tentar encontrá-lo.

Decide ir com calma. É como ler um livro muito bom — com um livro razoável, a gente sente vontade de ler depressa, mas um livro bom de verdade a gente quer ler devagar, adiando o momento de chegar à última página, sentença, palavra, tanto quanto seja possível. Ela acredita... não, ela *sabe* que vai revê-lo. Ou que ele vai revê-la. Ela só precisa ter paciência.

Nem pergunta às amigas quem é o "novo aluno". Se falar sobre ele, as outras vão tentar achá-lo, e aí ele não vai pertencer mais a ela. Ela não quer dividi-lo com ninguém. Quer que ele seja o seu segredo.

"É maravilhoso ter um segredo", pensa ela.

Na hora do almoço, Polly, aquela que ela chama de sua melhor amiga, diz a Paige:

— Você parece diferente.

— É o cabelo dela — diz outra menina. — Ela resolveu dividi-lo do lado esquerdo.

"É maravilhoso ter um segredo", pensa Paige.

Cinco

Ela consegue esperar mais três dias antes de voltar à biblioteca.

A srta. Penn entrega um folheto a Paige enquanto está passando pela mesa da saída.

— Vou começar um clube do livro só para meninas — diz ela. — Convide suas amigas para participar, tá, Paige?

Paige assente. Ela deseja perguntar à srta. Penn se ele está na biblioteca, mas depois se lembra de que nem mesmo sabe o seu nome.

— O primeiro livro vai ser aquele do qual eu lhe falei, *Os imortais*. Achei que seria divertido começar com uma coisa nova. Sei que você não gosta de fantasia, mas eu lhe garanto, Paige, li o livro durante o fim de semana e nem quis parar para comer. Eu o lia até enquanto dirigia. É bom a esse ponto. Vai adorar o rapaz que é o protagonista...

— Srta. Penn, preciso mesmo ir andando.

— Ah, sim, mas leve uns folhetos para passar para as outras, tá?

Paige mete os folhetos na sua mochila e vai até a estante de livros novos. De repente, fica nervosa. E se ele não estiver lá? Ou se estiver e não se lembrar dela? Quase tão ruim quanto nunca mais voltar a vê-lo seria ser esquecida por ele. E por que ela tinha pensado que ele iria voltar ali, aliás? E por que ela havia esperado três dias e lhe dado todo esse tempo para desaparecer? E por que não tinha lhe dado seu telefone naquele primeiro dia?

Além dos livros, não há ninguém por perto quando ela vai até a estante. Ela se abaixa e finge procurar um romance na prateleira inferior. Mas o que realmente está fazendo é chorando.

"Sou uma idiota", pensa ela. "Você nem mesmo sabe o nome desse garoto."

E aí sente alguém pôr a mão no seu ombro.

— Eu já havia quase perdido a esperança — diz ele. — Venho aqui todo dia, desde que nos conhecemos.

Ela se vira e vê que ele é mais bonito do que ela se lembrava que ele era. Paige morde o lábio para evitar dar risadinhas de felicidade. Ele é mesmo lindo de morrer, parece até que saiu de um romance.

Ele oferece-lhe a mão para ajudá-la a se levantar.

— Meu nome é Aaron.

Eles conversam durante todo o resto do almoço. A princípio, é só sobre livros, mas depois a conversa passa a incluir outros assuntos. Ela se surpreende lhe contando coisas que jamais disse a ninguém. Até fala sobre sua mãe.

— Ela abandonou meu pai no ano passado. Diz que se apaixonou por outra pessoa, mas não acredito nisso. Acho que só deixou de amar meu pai. Acho que isso me deixou um pouco traumatizada com relacionamentos, na verdade.

Ele ri.

— Todos foram traumatizados.

— Você também?

— Também, claro. Jurei nunca mais namorar ninguém, se quer saber a verdade.

Ela se pergunta por quê.

Ela se pergunta o que ele está fazendo ali, com ela. E sem nem mesmo ter que lhe perguntar, ele diz:

— Estou aqui porque você é a pessoa mais interessante que há nesta escola inteira. Estou aqui porque, apesar de tudo, ainda acredito.

Ele não diz *no que* acredita, e ela não pergunta.

Toca o sinal, e Paige fica parada instintivamente, um reflexo pavloviano, de menina condicionada para ser comportada até a medula.

— Aposto que se ficarmos bem quietos, ninguém vai nem nos notar aqui — diz ele.

Paige pensa: "Ele tem razão. Ninguém jamais me notou antes."

Ele lê os pensamentos dela.

— Eles só não estavam olhando com atenção suficiente.

— É mesmo assim tão fácil descobrir o que estou pensando?

— Sim, mas só porque estou prestando muita atenção.

Toca a campainha de advertência, mas desta vez ela volta a se sentar entre Aaron e os livros.

— Que bom que você veio — diz Paige.

— Eu também achei bom ter vindo.

Ele pega na mão dela. O que ela tinha escrito na palma da mão praticamente já desapareceu.

Os dois passam o resto do dia escondidos na biblioteca, embora Paige não seja o tipo de menina que mata aulas. A srta. Penn nem os nota, ou pelo menos finge que não. A srta. Penn gosta da Paige, sabe? Ela gosta de Paige porque já foi uma Paige. Ela também costumava dividir os cabelos ao meio.

Sem saber como chegaram lá, eles terminam indo parar na casa dela depois da escola.

No quarto dela.

A primeira coisa que ele faz é ir olhar os livros de estante de Paige, onde examina todos os títulos.

— Você gosta mesmo de ler — diz ele, encantado. Paige fica corada, porque ler nunca lhe trouxe nada na vida a não ser, talvez, prazer pessoal. Certamente nunca tinha lhe trazido um namorado.

— Eu às vezes prefiro os livros às pessoas — admite ela.

— Eu também — diz ele.

Quando o pai dela chega do trabalho, Paige pergunta a Aaron se ele quer conhecê-lo.

Aaron faz que não com a cabeça.

— Fica para outro dia. Eu não sou muito bom com famílias. Nem com a minha, nem com a de outras pessoas. — E pula a janela do quarto dela depois de lhe dar uma piscadela, embora Paige desejasse que ele tivesse lhe dado outra coisa.

Seis

Nada é perfeito.

Para começar, ele não fala sobre certos assuntos.

Sua família.

Seu passado.

Por que ele saiu das outras escolas.

Outros lugares onde já morou.

Outras meninas que namorou.

E também todas as coisas sobre ele que não fazem sentido.

Ele tem 17 anos, está na última série do ensino médio, é um leitor compulsivo, mas não tem planos de frequentar uma faculdade.

Nunca come.

Passa mais tempo fora da escola do que na sala de aula.

Ela nunca viu sua casa.

E naturalmente, nunca viu ninguém da sua família.

"Mas todos têm problemas", pensa Paige. Ninguém é perfeito, e o que ela sabe ao certo é que ele é bonito e a faz se sentir bonita. E quando ela fala, ele presta muita atenção de verdade. E quando ele olha para ela, ele a vê como ela é. E...

Paige está na aula de ciências quando alguém lhe bate no ombro de leve.

— Faz um tempão que você não vem almoçar com a gente — diz April, uma das companheiras de almoço de Paige. — O que houve?

— Ando almoçando na biblioteca. Estou ajudando a montar um clube do livro — mente Paige. Ela não sabe por que mentiu. Fez isso sem nem mesmo pensar. Agarra um desses folhetos do clube do livro que já estão no fundo da mochila, todos amassados já há duas semanas — só se passaram duas semanas desde que ela o conheceu? Paige sente como se o conhecesse há séculos —, e o entrega a April.

— Valeu — diz April sem nem mesmo olhar para ele. — Mas a srta. Penn já me deu um. O negócio é que eu precisava falar com você sobre uma coisa. Sabe o baile dos ex-alunos no mês que vem?

Paige havia se esquecido. Anda distraída por motivos óbvios.

— Ah, é.

— Meu irmão queria saber se você gostaria de ir com ele.

O irmão da April é, por falta de palavra melhor, um *nerd*. Em primeiro lugar, está um ano atrás de Paige. Em segundo, ele é meio que obeso. E, para completar, ele gosta de jogar RPG. Paige desconfia de que ele provavelmente vai querer jogar com ela durante o baile. Paige ri diante dessa ideia.

— Por que está rindo? — indaga April. — Que maldade a sua, rir assim.

Paige não queria ser maldosa.

— Desculpe. Estava pensando em outra pessoa... Juro. Uma coisa estranha que me aconteceu hoje.

— O que foi? — April olha para Paige, zangada.

— Foi uma piada. Uma coisa assim... foi... foi... — E Paige não consegue inventar nada engraçado que não tenha a ver com RPG, portanto volta ao assunto em questão. — Enfim, não estou rindo do seu irmão. É só que... se ele quer ir comigo, por que não me pediu ele mesmo?

Os olhos de April suavizam-se. Por enquanto, Paige conseguiu acalmá-la.

— Ele é tímido, Paige! Sabe disso! E aí, vai com ele?

— Eu estou meio que namorando uma pessoa, sabe? — diz Paige.

— Nunca mencionou ninguém antes — diz April, friamente.

— Ainda é muito cedo.

— E *ele* vai com você pro baile?

— Ainda não conversamos sobre isso — admite Paige.

— Não deve ser tão sério assim, se ainda não conversaram sobre isso.

Paige não responde nada. Sabe o que há entre ela e Aaron, e não se importa com o que os outros pensam.

— Bom, não mencione isso a ninguém, tá? — diz April. — Você não era a primeira opção do meu irmão, mesmo. Eu é que lhe disse para convidar você. Pensei que aceitaria.

Apesar de Paige manter sua promessa e não contar a ninguém sobre o incidente embaraçoso com o irmão de April (*como se fosse contar!*), April conta a todos que Paige está namorando uma pessoa. E naquela noite Paige recebe um telefonema de Polly.

— Quando vamos conhecê-lo? — indaga Polly.

— Ainda é cedo — repete Paige. — Ainda não estamos nessa fase. — Paige promete que quando chegar a hora a sua melhor amiga será a primeira a saber.

— Só me conta uma coisinha para não me matar de curiosidade, tá? — insiste Polly. — Me diga o nome dele. Nem mesmo precisa dizer o sobrenome. Só o primeiro nome.

— Aaron — responde Paige, meio rouca.

— Ele é aqui da escola?

Paige diz que não está preparada para falar sobre ele ainda.

— Precisa convidá-lo para o baile de ex-alunos, Paige! Podemos ir todos juntos, eu e o Luke, você e o Aaron!

Paige detesta até que a sua melhor amiga diga o nome dele.

— Não é bem assim — diz ela. — Ele não é como os outros garotos.

— Ai, Paige, isso está me parecendo sério demais.

Paige concorda que é mesmo meio sério.

* * *

Mesmo sabendo que provavelmente não devia, Paige toca no assunto do baile dos ex-alunos com Aaron naquela noite, no seu quarto.

— Sei que é meio ridículo, mas você gostaria de ir?

Ele não quer. Diz que já foi a cem bailes de ex-alunos antes.

— Ah, sei. — Paige tenta disfarçar sua decepção lendo silenciosamente os títulos dos livros da sua estante: *O morro dos ventos uivantes, Jane Eyre, Frankenstein...*

— Por que precisa ir a esse baile bobo, hein? Não sabe o que você significa para mim?

Para dizer a verdade, Paige não sabe. Aliás, Paige gostaria muito de ser vista no baile com alguém tão bonito quanto Aaron. Vamos dizer que ela vai a mais bailes com irmãos das pessoas do que desejaria.

— Olha, Paige — diz ele —, quero que você namore comigo, mas não posso fazer as coisas que outros namorados fazem.

É a primeira vez que ele reconhece que é namorado dela. Ela queira que tivesse sido em outro momento, da forma que teria acontecido no tipo de livros que Paige alega não ler.

— Entende? — pergunta ele.

Paige diz que sim, mas na verdade não entende.

— Você tem... você tem outra namorada na escola, ou coisa assim? — E ela gagueja um pouco na palavra *namorada*: uma palavra maravilhosamente nova.

Aaron suspira. Pega as mãos dela.

— Claro que não.

Ela recolhe as mãos.

— Você não me conta nada sobre sua vida.

— Quero lhe contar tudo, mas não posso... isso poderia magoar outras pessoas além de mim.

— Sua família?

Ele confirma.

— Se lhe contar e você contar a alguém, vou precisar ir embora daqui. Por mais que eu sofra, vou ter que partir, e não vou nem mesmo poder me despedir de você.

— Pode confiar em mim — diz ela.

— Eu... eu realmente não gosto de falar sobre essas coisas.

— Não precisa, então — diz ela. — Só quero que saiba que pode confiar em mim.

Ele olha para ela e balança a cabeça, devagar.

— Acho que talvez eu possa.

O pai de Paige a chama lá de baixo:

— Hora do jantar!

— Está na hora de eu ir embora mesmo — diz Aaron.

Paige não sabe se ele quer dizer que vai embora para sempre ou só por algumas horas. Agarra suas mãos. Estão secas, quase parecendo papel.

— Prometa-me que vai voltar. Quero muito saber qual é sua história. Quero saber tudo sobre você.

— Vou tentar — diz ele, e sai do quarto de Paige pela janela.

— Jantar! — chama o pai de Paige de novo.

— Já vou — diz ela.

Paige desce até a cozinha. Eles vão comer macarrão com molho de queijo, o que quer dizer que é terça-feira. O pai de Paige prepara um prato específico para cada um dos seis dias da semana. Aos domingos ele pede pizza pelo telefone.

— Já estou chamando você faz dez minutos. Não me ouviu? — indaga o pai de Paige.

— Estava lendo — diz Paige, distraída.

— Esse livro deve ser *muito* bom mesmo — comenta o pai.

Assim que termina o jantar, Paige volta correndo para o seu quarto, mas Aaron não está lá. Ela se ocupa durante muitas horas fazendo deveres de casa que andou deixando acumular, mas mesmo assim ele não vem. Ela termina resolvendo deitar-se confortavelmente na cama e ler um romance, mas, antes de ter sequer terminado um capítulo, adormece.

Ainda está dormindo quando percebe alguém cochichando no seu ouvido.

Ela estica o braço para acender a luz, que o pai deve ter apagado.

— Não — diz Aaron. — Há histórias que é melhor contar no escuro.

Quando ele tinha 17 anos, tinha havido uma epidemia de tuberculose na sua cidade. Seu pai foi o primeiro a pegar a doença, e quase seis semanas mais tarde, foi também o primeiro a morrer.

Paige fica imaginando: "Ainda existe gente que morre de tuberculose?"

A família inteira dele — Aaron, sua irmã e sua mãe — também tinha pegado tuberculose.

— Foi indescritível — disse ele. — Uma coisa horrível. Ver todos que a gente ama morrendo devagar, dolorosamente, e depois saber que você também vai morrer da mesma forma.

A irmã dele havia morrido uma semana depois do pai. E ele e a mãe sabiam que não iam viver muito tempo também.

— O silêncio é estranho quando a gente está agonizando — diz ele. — É como se você estivesse em um aquário em que as paredes vão ficando cada vez mais grossas.

Paige tenta pegar a mão dele. Quer tocá-lo para consolá-lo. Mas devido a sua sonolência e à escuridão, não consegue encontrá-lo.

Sem ter outras opções, a mãe dele foi falar com uma cigana do lugar.

"Uma cigana? Em que lugar ficava essa cidade dele? Na Europa medieval?", pensou ela.

— Uma cigana? — indagou Paige, baixinho.

— Foi o melhor que minha mãe pôde encontrar — diz Aaron. — Era um lugar diferente. Uma época diferente.

A cigana lhe deu um pote de vidro azul-pavão com o formato de um tinteiro. Alegou que dentro havia um elixir de uma fonte do México que iria curá-los. Que escolha eles tinham? Benzeram-se e beberam tudo até a última gota.

— Nossos pulmões ficaram instantaneamente livres da doença — diz Aaron. — As paredes de vidro se estilhaçaram.

Mas o elixir não havia simplesmente curado os dois. Eles tinham morado em cinquenta cidades diferentes. Sua mãe havia se casado doze vezes. Ela arruma um marido novo toda vez que o velho começa a desconfiar. Aaron teve outras namoradas.

— Muitas — diz ele, o que faz Paige encolher-se. Aaron teve muitas namoradas, mas todas acabaram ficando mais velhas do que ele. Ele nasceu em 1876. Vai passar o resto da vida tendo 17 anos.

Paige lhe diz que não acredita em histórias fantasiosas, que se ele não queria ir ao baile com ela, devia ter simplesmente dito que não.

— Eu nunca mentiria para você — responde ele, encontrando a mão dela dessa vez. Os olhos de Paige estão se acostumando com a luz do luar. Ele a ajuda a sair da cama e a leva até o espelho, parando em frente a ele, ao lado da menina.

— Está vendo?

Ela faz que não com a cabeça. Ela não sabe o que precisa ver e, além disso, ainda não conseguiu tirar os olhos dele.

— Olha o espelho. Eu não tenho reflexo. Não estou lá.

Ela obedece. Seus olhos deslocam-se do espelho até ele e voltam ao espelho. Ela passa a mão no rosto dele.

Sua mão se reflete. O rosto dele, não. Aquilo a amedronta. Parece que ela está sozinha. Ela parece solitária, coisa que Paige tenta nunca parecer.

— Por quê? — indaga ela.

— Não sei. Minha vida é assim. Eu sou assim. — E ele se vira, procurando transformar tudo em uma espécie de piada. — É complicado para me arrumar de manhã, mas faço o possível.

Aí ele tira um canivete suíço do bolso.

— Para que essa faca? — diz Paige, em voz meio esganiçada. Sua garganta sempre se contrai quando ela entra em pânico.

Aaron abre o canivete e aproxima a lâmina do seu braço. Depois corta a pele com ela. Por um segundo, Paige fica paralisada e não consegue fazer nada senão olhar.

Ele corta uma letra jota na pele do braço.

— Não faz isso! — diz Paige, conseguindo recuperar a voz. — Por favor, para! Eu acredito em você. Não precisa provar nada para mim. — E tenta detê-lo, caso o jota seja apenas o princípio de uma palavra mais longa como "juramento" ou "julgamento", mas ele impede que ela o interrompa.

— Por que está fazendo isso no seu braço? — diz Paige, lamuriando-se.

Um segundo depois, o corte começa a fechar-se diante dos olhos dela. Ela passa os dedos ao longo do braço dele, frio e perfeito, depois pressiona os lábios contra ele.

— Quero que vá ao seu baile, mas não posso ir com você — diz ele. — Já fui a bailes demais.

"Só que nunca foi comigo", pensa ela.

— Você é diferente — diz ele. — Mas os bailes... são todos iguais.

Ela concorda. Está meio decepcionada, mas mesmo assim contente por ele ter confiado nela e lhe contado sua história.

— Eu te amo de verdade — diz ele.

— Eu também te amo — diz ela.

Eles se deitam na cama dela e, depois de algum tempo, ela volta a adormecer. Quando acorda de manhã, ele já desapareceu. Se não estivesse tão exausta, provavelmente pensaria que a noite toda não tinha passado de um sonho.

Paige pensa em não ir ao baile, mas Aaron a convence a ir.

— Você só tem um baile de ex-alunos — diz ele.

— Não foi verdade no seu caso — comenta ela. — Nem no meu. Organizam esses bailes todo ano, você sabe.

Ele ri de leve.

— Vai — diz ele. — Não quero que perca nada por minha causa.

A verdade é que ela está mais do que querendo perder coisas por causa dele, mas não pode dizer isso. Pareceria carente, grudenta, patética. Paige odiava gente assim.

— Ainda dá tempo de ir comigo — comenta Paige, em vez disso.

Aaron só balança a cabeça.

O pai de Paige bate à porta enquanto ela está se arrumando.

— Entra — diz Paige. Aaron esconde-se atrás da estante, porque, afinal, Paige não deveria ter garotos em seu quarto.

— Você está muito bonita — elogia o pai. — Quem é o sortudo?

— Ninguém — diz Paige, levantando-se do banco da penteadeira. — O menino que eu queria convidar não pôde vir, e eu não queria ir com mais ninguém. — E ela pisca para Aaron, olhando para o espelho. Não pode vê-lo, mas imagina que ele possa vê-la.

O baile é um baile, ou seja, é como qualquer outro baile ao qual Paige já foi, quer dizer, mais divertido teoricamente do que na prática. Os pés de Paige estão doendo por causa dos sapatos elegantes, e ela deseja ter podido passar aquela noite em casa, enrodilhada com Aaron, no fim das contas.

Lá pelo fim da noite, Paige encontra April por acaso.

— O que houve com o seu namorado?

— Não pôde vir.

— Acho que devia ter vindo com o meu irmão, então.

Paige semicerra os olhos. Sabe que não devia responder nada a April, mas não consegue conter-se.

— Sinceramente, April, eu não faria isso de jeito nenhum, então é melhor parar de criar esse clima de constrangimento entre nós falando no assunto.

Quando Paige volta para casa naquela noite, Aaron está esperando por ela no seu quarto. Ele está de smoking, e tão lindo que ela quase sente vontade de morrer.

— Achei que podíamos comemorar a volta dos ex-alunos aqui mesmo — diz ele.

Ele a beija e a puxa para mais perto de si. O corpo dela treme.

— Às vezes é difícil crer que você seja real — diz ela.

— Às vezes é difícil acreditar que você é meu.

— Penso o mesmo — diz ele.

— Não. Estou falando sério. Você é perfeito.

Aaron balança a cabeça.

— Não sou. Pode acreditar em mim. Não sou, não.

Paige olha por cima do ombro de Aaron e vê o que devia ser o reflexo dos dois no espelho do quarto.

A visão a deixa perturbada. Aaron, é claro, não tem reflexo, de modo que parece que Paige está abraçando o ar.

Sete

— April acha que você não tem namorado nenhum — conta Polly a Paige na segunda-feira depois do baile. Aaron não foi à escola, e Paige está dando uma carona para Polly até em casa.

Paige ri.

— Ela só está zangada porque eu não quis ir ao baile com o irmão bizarro dela.

Polly também ri.

— Mas sério, Paige, você está guardando tanto segredo... por que todo esse mistério?

— Porque sim.

Polly balança a cabeça.

— Minha irmã mais velha teve um namorado assim uma vez.

— Assim como?

— Que ela não queria levar para conhecer os amigos, que não aparecia em público, essa coisa toda. E no final, descobrimos que ele espancava a minha irmã.

— O Aaron não é assim.

— O namorado da minha irmã também não era, a princípio!

— Escuta, Polly, você nem sabe do que está falando.

— Então me conta. Sinceramente, estou preocupada com você.

E é estranho, mas aquela preocupação de Polly com ela faz Paige se sentir lisonjeada. Ninguém se interessa assim por ela faz anos. E ela está louca de vontade de falar sobre Aaron com alguém. Então, ela faz Polly jurar segredo e lhe conta a história dele.

Polly fica calada durante muito tempo, e depois faz uma coisa horrível: ri.

— Ai, Paige — diz ela. — Acho que ele está brincando com você!

— Como assim?

— Quero dizer, sério? Sério mesmo? Uma cigana? Parece coisa tirada de livro. Acho que ele está inventando uma história. Provavelmente conta a mesma história a todas as meninas que conhece. Acho que está só...

— CALA A BOCA! Você não sabe de nada. Sobre ele. Só não quer que eu seja feliz!

— Paige, não fique chateada...

Paige para o carro a vários quarteirões da casa de Polly.

— Sai.

Quando ela para na sua própria garagem, suas mãos estão tremendo, e ela está sem fôlego. Precisa ver Aaron e tocá-lo, lembrar-se de que ele é real.

Quando entra em casa, ele está esperando por ela, no seu quarto. Tinha entrado pela janela.

— O que foi? — indaga ele.

— Briguei com minha amiga.

— Sinto muito — diz ele, acariciando-lhe os cabelos.

— Por que não foi à escola hoje? — indaga Paige.

— Minha mãe adoeceu.

— Pensei que gente como vocês não adoecia.

— Fisicamente não — diz ele com um suspiro, cansado. — Mentalmente, porém...

— Gostaria de poder ajudá-lo — diz Paige.

— Já *está* me ajudando.

Paige olha bem nos olhos cor de violeta e prateados dele. E decide que não importa se ele está mentindo para ela. É uma mentira linda. Ele é uma mentira linda.

Naquela noite, Paige tem um pesadelo.

Está na biblioteca da escola. Parada diante da estante de livros novos. E do outro lado da sala vê alguém beijando Aaron, e é a srta. Penn! E depois é Polly que o beija, também. E aí April tira a camisa dele. E aí todas as garotas que almoçam com ela começam a acariciar o corpo inteiro dele. Até mesmo a mãe de Paige está beijando Aaron, por mais nojento que seja isso. Paige grita o seu nome, mas ele não parece vê-la a princípio. Ele vira-se para o lado para ver quem o está chamando, e aí ela percebe que não é Aaron. É só um boneco dele em cartolina. Achatada e lustrosa: um boneco de papelão tamanho natural.

No dia seguinte, na escola, em toda parte aonde vai, ela tem a impressão de que está ouvindo pessoas (principalmente as meninas) tecendo comentários sobre Aaron e olhando para ela. Ela só percebe uma ou outra palavra, mas o que ouve lhe parece alguma coisa assim: garoto novo... biblioteca... Aaron... imortal... página...

Paige mal consegue respirar ou andar ou falar. Só pode ter acontecido uma coisa: Polly contou a todo mundo a história dele, o seu segredo. Não quer nem pensar no que isso pode significar.

Ela vai encontrar-se com ele no lugar de costume, na biblioteca. Ele não está lá, mas a srta. Penn está.

— Não se esqueça da reunião do clube do livro amanhã. Muita gente já confirmou presença, e você ainda tem tempo de ler *Os imor...*

— Não estou nem aí para esse seu clube do livro ridículo!

— Paige, você está com algum problema?

Paige empurra a srta. Penn para passar por ela e sai correndo da biblioteca.

Depois sai da escola escondida e volta para casa. Espera que ele esteja no seu quarto, aguardando, mas ele não está.

Paige ajoelha-se e reza.

— Por favor, meu Deus, permita que eu o veja... Por favor, meu Deus, permita que eu o veja... Por favor, meu Deus, permita que eu o veja...

Ela sabe que não o merece (talvez nunca tenha merecido), mas quer pelo menos pedir perdão.

Nove

Paige não dormiu a noite inteira. Nem devia ir à escola, mas vai, só porque tem a esperança de que ele apareça por lá.

Na hora do almoço, ela vai à biblioteca procurar por ele. O lugar está incomumente barulhento e cheio. "Ah, claro", pensa Paige. "É aquele clube do livro patético da srta. Penn." Ela vê Polly, April e todas as meninas que almoçam com ela. Vê-las sentadas ali faz Paige esquecer-se momentaneamente de Aaron. Vê-las ali com aqueles livros pretos ridículos nos colinhos magros faz Paige sentir um ódio profundo. Está detestando vê-las ali na biblioteca. Que piada! Nenhuma delas nunca leu nada que não tenha sido pedido pela escola! A biblioteca é o *seu* lugar. E ela odeia aquela vagabunda da srta. Penn com aqueles seus suéteres apertados, por ter tido o trabalho de convidar aquelas babacas para virem até ali.

A srta. Penn chama Paige com um gesto, como se nada tivesse acontecido entre as duas no dia anterior.

— Paige, que *bom* que você veio...

Paige lhe diz que não está ali para participar da reunião, só para se encontrar com alguém.

— Desculpa, viu... Vou tentar terminar o livro, se puder — diz Paige. De canto de olho, ela vê April cochichando algo para Polly. Não tem que escutar para saber que estão falando dela e de Aaron.

Paige vai até a estante de livros novos. Não há ninguém por ali, exatamente como no dia anterior.

Ela descansa a mão na prateleira onde tinha devolvido *Os imortais* no dia em que o conheceu. Não sabe por quê, mas acredita que se fizer as mesmas coisas que fez no dia em que o conheceu, talvez consiga conjurá-lo de novo. Mas não funciona. Ela não vai conseguir fazer as mesmas coisas de qualquer maneira, porque alguém pegou emprestado o exemplar do livro que pertence à biblioteca.

Paige se deixa deslizar até o chão e descansa a cabeça nos joelhos.

O único som na biblioteca é o que vem do clube do livro da srta. Penn, é claro.

Ela deseja que todas saiam dali.

Tenta desligar-se para não ouvi-las, mas é impossível. Elas estão falando alto demais.

— Ah, já sei — ouve uma delas dizer —, a parte mais triste é aquela em que ele conta que o pai pegou pneumonia.

— Não, a pior parte foi quando ele precisou ir embora porque todos sabiam seu segredo — disse outra.

— Não, a pior parte foi como ela se sentiu supersolitária depois que ele partiu...

— É, mas não acha que ela era meio ridícula? Quero dizer, por que ele iria escolher alguém como ela? Ninguém sequer a nota.

— Acho que essa é a ideia...

Paige mal consegue respirar. Sua pulsação está a mil; ela está se sentindo como se seu coração fosse se partir. Ou parar de bater. Essas meninas têm mesmo muita coragem... elas não estão nem mesmo analisando o livro. Estão fofocando a seu respeito!

Paige se levanta do chão e corre para onde está sendo feita a reunião sobre o livro.

A srta. Penn a vê primeiro.

— Paige, venha participar — convida.

— PAREM DE FALAR SOBRE MIM! — grita Paige.

Algumas meninas riem.

A srta. Penn pigarreia. Fica de pé.

— Ninguém estava falando de você, Paige.

— Estava, sim! Ouvi o que vocês disseram! Não sou surda!

A srta. Penn vai até onde Paige está.

— Não, não estávamos falando de você. Estávamos só falando sobre o livro. — E lhe estende o exemplar de *Os imortais* da biblioteca, para Paige ver. — Estávamos só analisando o personagem principal, Aaron.

Paige olha o círculo do clube do livro. Todas as meninas estão olhando para ela, assustadas.

Finalmente, Polly diz:

— Acho que foi um mal-entendido porque o namorado da Paige também se chama Aaron.

— Ah... — diz a srta. Penn, depois ri, aliviada. — Isso faz sentido! — diz ela. — Naturalmente, seu Aaron não é um rapaz de olhos cor de violeta e prateados, de 150 anos, no corpo de um menino de 17, não é, Paige?

As meninas riem como hienas.

— Parem — murmura Paige.

Mas ninguém parece ter escutado.

— PAREM!

Ninguém *jamais* escuta.

— PAREM DE RIR DE MIM!

Elas se calam. Estão assustadas. Paige acabou de se transformar de aberração de circo em louca possivelmente perigosa, mas não está nem aí.

Baixinho, Polly diz:

— Espera, já entendi. Acho que... Eu acho que... Só comecei a ler o livro na noite passada, e ainda não terminei, desculpe, srta. Penn, mas acho que acabei de entender tudo. Esse cara que você estava namorando, Paige... Ele resolveu te contar a história do cara deste livro como se fosse a dele, não foi?

— Não — diz Paige. — Não, ele nunca faria isso!

— Fez, sim. Tenho certeza de que fez. Ele até usou o mesmo nome!

— CALA A BOCA! CALA A BOCA! CALA A BOCA! Foi por sua causa que ele sumiu, aliás!

Polly diz que não sabe do que Paige está falando.

— Mentirosa! Eu sei que contou a todo mundo! Você e essa sua boca grande!

— Paige — diz Polly. — Fica calma. Eu não contei nada. Juro que não.

A srta. Penn ainda está estendendo o livro para Paige. Sem nem mesmo pensar, Paige arranca o livro da mão dela. A srta. Penn cai para trás. Talvez a srta. Penn bata com a cabeça na cadeira atrás de si? Talvez ela consiga se segurar? Paige não sabe. Ela não espera para descobrir. Sai dali correndo e apertando contra o peito o exemplar da biblioteca de *Os imortais*.

Consegue chegar ao seu carro. Felizmente, o portão do estacionamento da escola ainda está destrancado para que os alunos mais velhos saiam da escola na hora do almoço.

Ela não vai para casa. Não sabe se já está encrencada ou não. Só continua dirigindo, pensando sem parar.

"Será possível que Polly esteja certa, que Aaron tenha usado a história do livro?"

Ela continua dirigindo...

"Não pode ser..."

Finalmente, decide dar um tempo em um estacionamento de cinema na cidade vizinha.

"Mas, e se...?"

Ela pega o exemplar de *Os imortais* no banco do passageiro e começa a lê-lo.

Dez

Você *conhece* esta história.

Ela lê a capa: *Os imortais*, de Annabelle Reve.

Abre o livro na primeira página.

Há dois tipos de gente no mundo: o que acredita no amor, e o que não acredita. Eu acredito no amor...

Ela folheia o livro tão depressa que corta a ponta do dedo na beirada do papel.

"...Ser aluno novo na escola às vezes faz a gente sentir solidão."

"... porque você é a pessoa mais interessante que há nesta escola inteira..."

"Eles só não estão olhando com atenção."

"Por mais que eu sofra, vou ter que partir, Jane, e não vou nem mesmo poder me despedir de você."

Paige nem consegue terminar o livro. Sente-se como se tivesse sido violada, como se alguém tivesse colocado microfones ocultos para ouvir todas as conversas que ela já teve com Aaron, e depois transcrito tudo para o mundo inteiro saber. Para o mundo inteiro *ler*! Até suas conversas mais íntimas. Coisas que ninguém no mundo podia ter sabido. A única diferença era o nome de Paige. No livro, Paige se chama Jane. Ler aquele nome a faz se sentir como se tivesse sido queimada. Ou apagada.

Ela volta a ler a orelha da sobrecapa. "Annabelle Reve", lê ela, "mora na cidade de Nova York com seu filho. *Os imortais* é seu primeiro romance." O livro também tem uma foto colorida dela. Ela parece ter trinta e poucos anos. "Ela é bonita", pensa Paige. "Como alguém saído de uma pintura antiga." E aí Paige nota os olhos de Annabelle. São de uma cor violeta-acinzentada, como os de...

Paige volta a reler a biografia. Não menciona marido. *Só um filho.*

Não faz nenhum sentido, mas Paige só sabe de uma coisa: precisa encontrar Annabelle Reve.

Paige liga para o número de informações, só para saber se Annabelle Reve está na lista; ela está. Nenhum telefone, mas há um endereço que nem mesmo fica assim tão longe de onde Paige mora. Paige calcula que só vai levar quarenta minutos para chegar lá, se o trânsito estiver bom.

Onze

Quando Paige era pequena, sua mãe costumava deixá-la faltar à escola para ir assistir às matinês de quarta-feira na Broadway. Por isso ela já visitou a cidade de Nova York muitas vezes, de modo que descobre o prédio onde mora Annabelle Reve com facilidade.

É um prédio bonito, antigo, com uma portaria impressionante e um porteiro, o que não é nada bom para Paige.

— Vim falar com Annabelle Reve — diz Paige, com tanta confiança quanto possível.

O porteiro informa a Paige que a srta. Reve não se encontra em casa.

— Hã... quem sabe posso esperá-la voltar no apartamento dela? Sou sobrinha dela. Ela é minha tia. Está me esperando — mente Paige, com facilidade. — Vim de outra cidade para visitá-la.

— Escute, mocinha, eu gostaria de ajudá-la — diz o porteiro, com toda a educação. — Mas a srta. Reve não me avisou que sua sobrinha vinha visitá-la. Pode esperar aqui, é o máximo que posso fazer.

Assim, Paige senta-se no sofá de veludo verde da portaria e espera. Logo adormece.

Ao acordar, ela vê Annabelle Reve olhando-a com aqueles olhos violeta-acinzentados tão familiares.

— Disseram-me que minha sobrinha estava esperando por mim na portaria. Acho que é você, não? — Annabelle estava com um meio sorriso no rosto. Ela oferece a mão a Paige, apresentando-se: — Sou Annabelle.

— Paige.

— Gostaria de subir um pouquinho?

Paige confirma e segue Annabelle, que entra no elevador.

No apartamento, Annabelle põe uma chaleira no fogo.

— Recebi cartas e e-mails, claro, mas você foi a primeira a aparecer aqui — diz Annabelle da cozinha. — O livro saiu há apenas um mês, portanto parece que vou ter que tirar meu nome da lista telefônica...

Paige não diz nada.

— Por isso é que veio, não foi? — indaga Annabelle. — Por causa de *Os imortais*.

— Foi.

— Então, me conta, você veio de longe... de onde disse que tinha vindo mesmo?

— Nova Jersey — diz Paige. E pensa consigo mesma: "Sei que você sabe de onde vim. Sabe tudo sobre mim. Aaron lhe contou tudo a meu respeito."

— Não é muito longe daqui, mas mesmo assim foi um esforço considerável fazer essa viagem. E aí, o que deseja saber?

Paige tem inúmeras perguntas a fazer, mas só consegue articular uma:

— Aaron está aqui?

Annabelle sai da cozinha trazendo uma bandeja com um bule de chá e duas xícaras.

— Como disse?

— Quero saber se Aaron está aqui.

Annabelle assente e serve a Paige uma xícara de chá.

— Ora, se está se referindo ao meu personagem do livro, Aaron, creio que de certa forma ele está aqui, dentro da minha cabeça, e além disso, escrevi o livro inteiro dentro deste apartamento. E se estiver se referindo ao meu filho, Aaron, simplesmente não sei por que ia querer saber isso, mas ele está com o pai dele esta semana.

— Pensei que o pai de Aaron tivesse morrido — diz Paige.

— Na história, sim, ele morreu. Na vida real, somos apenas divorciados. Achei que estava sendo inteligente. Meu ex-marido, provavelmente, nem tanto.

— Mas... mas... o resto é tudo verdade? — gagueja Paige. — Quero dizer, Aaron existe mesmo! Quer dizer, eu o *conheci*!

— Paige... — E Annabelle olha bem nos olhos de Paige, com aqueles olhos tão parecidos com os de Aaron que Paige quase chega a chorar de tanta saudade. —

O Aaron do livro não é uma pessoa de carne e osso, mas eu lhe dei o nome de uma pessoa de verdade. Meu filho. Ele tem quatro anos. — Annabelle ri, feliz. — Quando crescer, ele provavelmente vai querer me matar por ter feito isso.

— Está mentindo. Só pode estar mentindo. — Paige fica de pé e começa a andar de um lado para outro da sala repleta de estantes cheias de livros. — Porque, se não está, como descobriu tudo sobre mim? Como conseguiu pôr toda a minha vida nesse seu livro?

Annabelle vai até Paige e pega sua mão.

— Estou lisonjeada por ouvir que você... hã... se identifica tanto com os personagens da minha história. Mas acho que você se enganou.

— ME SOLTA! SÓ ME DIGA ONDE O AARON ESTÁ! — grita Paige. — EU SEI QUE O ESCONDEU EM ALGUM LUGAR. ELE ME FALOU DE VOCÊ. FALOU QUE TINHA UMA MÃE MALUCA QUE VIVE OBRIGANDO-O A SE MUDAR!

— Eu...

Paige começa a chorar.

— Sei que cometi um erro. Sei que sou ruim. Mas eu o amo. E não posso viver sem ele. Por favor, não o esconda de mim. Eu o amo. Eu acredito no amor. — Paige senta-se no chão. Coloca as mãos em torno dos joelhos e balança-se. — Acredito no amor... — lamuriase. — Acredito no amor... Acredito no amor...

Annabelle pede licença, entra no quarto e liga primeiro para o porteiro, depois para a polícia.

Doze

Durante toda a primeira semana dela ali, não lhe dão nem sequer um lápis, e ela se sente como se pudesse de fato enlouquecer. As coisas que lhe acontecem não parecem reais até ela poder escrever sobre elas. E, naturalmente, deseja escrever para Aaron, muito embora ela não deva entrar mais em contato com ele, muito embora ela não saiba bem onde ele está.

A médica lhe pergunta se ela sabe por que está ali, e ela responde:

— Porque meus pais não gostam do meu namorado, e estão tentando nos separar.

A médica assente, mas não diz nada.

— Eles são céticos — diz Paige. — Sabe que se divorciaram, né?

— Acho que você já deve ter mencionado isso antes, sim.

— O caso é... o que desejo provar é... que eles dois são tão pessimistas que chega a ser revoltante.

— Parece muito triste, mesmo.

— É uma tristeza, sim. Mas eu não sou como eles. *Nunca* serei como eles. — E aí fala baixinho: — Estou aqui porque você pensa que estou louca. Mas todos que já amaram alguém são loucos, certo? Isso faz de mim uma pessoa normal. E sabe o que acho uma maluquice mesmo, de verdade?

— Não.

— Maluquice mesmo é não amar nunca.

A médica assente, confirmando que entendeu, mas não dá para saber se concorda.

— Quero lhe mostrar uma coisa — diz a médica. E tira um exemplar de *Os imortais* da escrivaninha.

Quando Paige o vê, começa a tamborilar com os dedos na mesa.

— Este livro a deixa nervosa?

Paige nada diz.

— Você insiste — continua a médica — que a autora, Annabelle Reve, roubou sua história, os detalhes de seu relacionamento com o filho dela, Aaron, e o transformou neste romance?

Paige confirma.

— Bom, e se eu lhe disser que Annabelle Reve escreveu este livro inteiro antes mesmo de você ter conhecido Aaron? Isso faria alguma diferença para você?

Paige não responde nada.

— E se eu lhe disser que a bibliotecária da sua escola viu você lendo este livro?

— Aquela mulher é uma vagabunda — disse Paige. — Devia ver as roupas que ela usa.

— Então ela está mentindo quando diz que a viu lendo este livro?

Paige não respondeu.

— Já ouviu falar da navalha de Occam?

— Sim — diz Paige. — Estudamos isso em ciências. É a teoria de que a solução mais simples em geral é a correta.

— Ótimo. Então me diga o que é mais provável: Annabelle Reve roubou sua história e agora está escondendo seu namorado imortal, que ninguém, nem seus pais, nem suas amigas, jamais viu, ou você leu num livro escrito pela Annabelle Reve e se identificou tanto com ele que agora pensa que a história da personagem é a sua história?

— Eu sei o que sei — diz Paige. — As pessoas só podem saber o que elas sabem. Só podemos saber o que sabemos, doutora. — E Paige atravessa a sala. Pega o exemplar de *Os imortais* e depois joga-o em cima da médica com tanta força quanto pode. — Só sei que o amor é uma loucura — diz Paige.

Passam-se mais semanas antes de permitirem que Paige use um lápis.

"Querido Aaron... Há...", escreve ela, e depois amassa a folha de papel. Ela não deve mais entrar em contato com ele, e não sabe quando vai conseguir enviar esta mensagem, nem para onde. Passa o tempo todo preocupada, achando que ele talvez esteja tentando entrar em contato com ela. E não há privacidade alguma ali. Eles revistam as coisas dela o tempo todo. É para ajudá-la a se recuperar, dizem. Para protegê-la. Então ela só vai ter que imaginar o nome dele no alto da página e saber, no fundo do seu coração, onde tudo ainda é verdadeiro, claro e puro, que é a ele que está escrevendo.

Quer dizer, é *para* ele.

Ela pega nova folha de papel em branco.

"Querido Aaron", murmura para si mesma, depois escreve, "há dois tipos de gente neste mundo: o que não acredita no amor, e o que acredita. Eu acredito no amor..."

Perdido de amor

MELISSA MARR

Apesar de ser na praia, a festa foi uma droga. Algumas pessoas tentavam transformar barulho em música: se Alana estivesse drogada ou bêbada, talvez fosse tolerável. Mas estava sóbria — e tensa. Em geral, era na praia que conseguia encontrar paz e prazer; era um dos únicos lugares onde se sentia como se o mundo não estivesse impossivelmente desorganizado. Mas naquela noite ela se sentia nervosa.

Um rapaz sentou-se ao seu lado, oferecendo-lhe um copo.

— Está com cara de quem está com sede.

— Não estou com sede — disse ela, olhando para ele de relance e afastando o olhar assim que pôde — *nem* interessada.

Ele era gatíssimo. Ela não namorava caras gatíssimos. Já fazia anos que via a mãe fazer isso. Mas Alana não ia tomar esse caminho. *Nunca.* Em vez disso, ficou olhando para o cantor. Ele era normal, não era tentador nem excitante. Era engraçadinho e simpático, mas não irresistível. Era o tipo de cara que Alana escolhia para ser seu namorado — seguro, temporário e fácil de largar.

Ela sorriu para o cantor. A versão ruim de uma música dos Beatles transformou-se em uma tentativa pior de declamar um poema... ou talvez fazer um cover de algo novo e emo. Não importava o que era, aliás. Alana ia ouvir aquilo, sem prestar atenção ao supergato de dreads sentado logo ali.

O cara de dreads, porém, não estava percebendo nada.

— Está com frio? Toma. — E lhe jogou um casaco comprido de couro, que caiu na areia diante dela. Parecia completamente inapropriado em comparação ao público da festa.

— Não, obrigada — disse Alana, afastando-se dele um pouco e chegando mais perto do fogo. Brasas giravam e erguiam-se como vaga-lumes, com a fumaça.

— Vai sentir frio no caminho de casa e...

— Vai embora. Por favor. — Alana não quis olhar para ele de novo. Ser educada não estava funcionando.

— Não estou interessada, não sou fácil e não vou encher a cara para virar nenhuma dessas duas coisas. Sério.

Ele riu, parecendo não se ofender, mas achando graça.

— Tem certeza?

— Vai embora.

— Seria mais fácil assim...

Ele chegou mais perto, colocando-se entre ela e o fogo, diretamente na sua linha de visão.

E então ela foi obrigada a olhá-lo, não só de relance, mas olhar mesmo para ele. Iluminado pelo brilho combinado da luz do fogo e da lua, ele era ainda mais deslumbrante do que ela temia: cabelos louros aglomerados em grossos dreads caindo até a cintura — alguns desses eram verde-alga —, sua camiseta velha e acabada tinha buracos que permitiam entrever os músculos abdominais mais definidos que ela já tinha visto na vida.

Ele estava agachado, equilibrando-se nos pés.

— Mesmo que isso não incomodasse Murrin, eu me sentiria tentado a capturar você.

O cara com dreads estendeu uma das mãos como se estivesse para segurar o rosto dela.

Alana recuou, rastejando para trás como um caranguejo sobre a areia, até estar seguramente fora do alcance dele. Depois ficou de pé e meteu a mão no fundo da bolsa, por baixo dos sapatos e do molho de chaves. Agarrando o spray de pimenta, arrancou a trava de segurança, mas não o tirou da bolsa naquele momento. A lógica lhe dizia que estava exagerando: havia outras pessoas em volta, ela estava segura ali. Mas ele tinha algo de esquisito.

— Sai de perto de mim — disse ela.

Ele não se moveu.

— Tem certeza? Sinceramente, seria bem mais fácil para você assim...

Ela tirou o spray de pimenta da bolsa.

— A escolha é sua, querida. Vai ser pior depois que ele encontrar você. — O cara dos dreads fez uma pausa, como se esperasse que ela fosse dizer alguma coisa ou mudar de ideia.

Mas ela não podia responder a comentários que não faziam nenhum sentido, e tinha certeza de que não ia mesmo querer chegar perto dele.

Ele deu um suspiro.

— Vou voltar depois que ele a domar.

Então ele se afastou, indo na direção do estacionamento, quase deserto.

Ela o olhou até ter certeza de que tinha ido mesmo embora. Envolver-se com caras bêbados, drogados ou sei lá o que não era coisa que ela estivesse pretendendo fazer. Fizera um curso de autodefesa, assistira a inúmeras palestras sobre segurança e mantinha seu spray de pimenta sempre ao alcance — sua mãe tinha sido muito boa *nesse* aspecto. Nada disso significava que ela queria usar o que tinha aprendido naquelas aulas.

Ela olhou a praia em torno de si. Havia alguns estranhos na festa, mas ela já havia visto a maioria das pessoas que se encontravam ali na escola ou enquanto andava no recife. Naquele exato momento, ninguém estava prestando atenção nela. Ninguém nem olhou na sua direção. Alguns viram quando ela estava recuando para se livrar do sujeito de dreads, mas deixaram de assistir ao episódio quando ele foi embora.

Alana não conseguia decidir se ele estava só brincando com ela ou se alguém ali realmente representava uma ameaça... ou se estava dizendo isso só para assustá-la, fazê-la sair da festa, para ficar sozinha e vulnerável. Em geral, quando voltava para casa a pé, ela ia na mesma direção que ele tinha tomado, mas, supondo que ele estivesse escondido no estacionamento, ela decidiu caminhar mais um pouco pela praia e atravessar a Estrada Litorânea. Era um desvio de uns dois quarteirões do seu caminho normal, mas aquele homem era assustador. *Muito* assustador. Ele a tinha feito se sentir caçada, como uma presa.

Quando ela já havia andado uma distância que transformou a fogueira em mero ponto de luz e o quebrar das ondas era só o que ela podia ouvir, o nó de tensão no seu pescoço se desfez. Alana tomara a direção oposta à do perigo, e estava de pé em um dos pontos onde se sentia mais segura, mais em paz: no recife. O chão sob seus pés mudou de praia arenosa para plataforma rochosa. Poças formadas pela maré espalhavam-se, expostas à lua. Era perfeito, só ela e o mar. Ela precisava disso, da paz que encontrava ali. Foi até uma pedra alta na costa onde as ondas batiam e subiam, espirrando espuma da crista. Conchas de mexilhões salientavam-se como dentes negros e sem ponta. Alfaces-do-mar e lisas gramíneas marinhas escondiam caranguejos e trechos escorregadios. Ela estava descalça, equilibrando-se nas beiradas das rochas, sentindo frio na barriga cada vez que as ondas se aproximavam, cada vez mais perto, sentindo-se preencher pela paz que o cara dos dreads tinha lhe roubado.

Depois ela o viu, de pé na espuma da arrebentação, bem em frente a ela, olhando-a sem ligar para as ondas que arrebentavam em torno dele.

"Como ele conseguiu chegar aqui antes de mim?"

Tremeu, mas depois percebeu que não era ele. Era um sujeito tão sarado quanto o cara dos dreads, mas tinha cabelos pretos, longos e lisos. "Só um surfista. Ou um amigo do cara dos dreads." O surfista não estava de roupa de mergulho. Parecia até que estava... nu. Era difícil dizer, pois as ondas arrebentavam em torno dele; no mínimo estava sem camisa, naquela água congelante.

Ele ergueu a mão para chamá-la, querendo que ela se aproximasse, e pensou tê-lo ouvido dizer:

— Não vou lhe fazer mal. Venha falar comigo.

Mas era sua imaginação. Tinha que ser. Ela só estava abalada, por causa do cara dos dreads. Não era possível que ele pudesse ouvi-la com o barulho da arrebentação, ou que ela pudesse ouvi-lo.

Só que isso não anulava sua suspeita de que, não se sabia como, eles haviam acabado de se comunicar.

Um medo primitivo surgiu no seu ventre, e, pela segunda vez naquela noite, Alana recuou sem olhar. Seu calcanhar se cortou na borda de uma concha de mexilhão. A dor da água salgada a fez estremecer enquanto ela se afastava ainda mais, incapaz de ignorar o pânico que sentia, a vontade de correr. Olhando de relance para trás, viu que o homem não havia se mexido, não havia deixado de olhá-la daquele jeito insistente. E o temor dela se transformou em fúria.

Então ela viu um casaco comprido de couro preto jogado na areia de qualquer maneira. Parecia uma versão mais escura do casaco que o cara dos dreads havia lhe oferecido. Ela pisou no casaco e esfregou o pé coberto de sangue e areia nele. Não era liso como o couro devia ser. Em vez disso o material sob seus pés era pelo macio como seda, uma pele de animal, de foca.

Era uma pele.

Ela afastou o olhar da pele escura e olhou firme para o homem. Ele ainda estava parado na arrebentação. As ondas estavam cercando-o como se o mar tivesse criado braços, escondendo-o, abraçando-o.

Ele tornou a sorrir e lhe disse:

"Leve-o. Ele é seu agora."

E ela sabia que tinha ouvido aquela voz dessa vez. Tinha *sentido* as palavras na sua pele como o vento que agitava a água. Não queria abaixar-se, não queria erguer aquela pele nos braços, mas não teve escolha. Seu pé ensanguentado tinha rompido o feitiço dele, interrompido a manipulação que ele estava exercendo sobre os seus sentidos, e ela o viu como ele realmente era: um *selkie*. Uma criatura do reino das fadas, um homem-foca, que não devia existir.

Talvez fosse divertido acreditar neles quando ela era uma garotinha que partilhava seus livros de histórias com a vovó, mas Alana sabia que a insistência da sua avó de que os *selkie*s eram reais era só uma outra espécie de faz de conta. As focas não andavam na terra, entre os seres humanos; não saíam das suas Outras-Peles. Não passavam de belos mitos. Ela sabia disso, mas naquele momento estava frente a frente com um *selkie* que estava lhe dizendo para levar sua Outra-Pele.

"Exatamente como o outro, perto da fogueira."

Ela ficou imóvel enquanto tentava compreender a grandeza do que tinha ocorrido, o que estava acontecendo ali, naquele instante.

"Dois *selkies*. Caramba, conheci dois *selkies*, de verdade... e ambos tentaram me capturar."

E naquele instante ela entendeu. Os contos de fadas estavam totalmente errados. Não era culpa dos mortais. Alana não queria estar ali olhando para ele, mas não estava mais agindo segundo sua vontade.

"Ele me capturou."

O pescador das histórias antigas, que tinha levado as peles das *selkies*, não estava capturando inocentes criaturas mágicas; eles é que tinham sido capturados por mulheres-focas. Talvez fosse muito difícil para o pescador admitir que eles é que tinham sido capturados, mas Alana de repente entendeu a verdade que nenhuma daquelas histórias transmitia. Um mortal não podia resistir ao feitiço daquela pele, assim como o mar não podia recusar-se a obedecer à atração da lua. Uma vez que ela pegasse aquela pele e a erguesse em seus braços mortais, estaria ligada a ele. Sabia o que ele era, sabia que era uma armadilha, mas ela não era diferente dos mortais das histórias que ela tinha ouvido enquanto crescia. Não conseguiu resistir. Pegou a pele e saiu correndo, na esperança de que pudesse empurrá-la para outras pessoas antes de ele a encontrar, antes que Murrin a seguisse até em casa, porque aquele devia ser Murrin, do qual o cara dos dreads havia falado, ao qual o *selkie* assustador tinha se referido dizendo que era *pior* do que ele.

Murrin a viu correr e sentiu uma necessidade irresistível de segui-la. Ela estava levando sua pele consigo: ele não tinha escolha senão segui-la. Teria sido melhor se ela não tivesse corrido.

Praguejando ao ver a fuga dela, Murrin saiu do mar e foi até as grutas que a água havia escavado no arenito. Lá dentro ele guardava suas roupas de terra: sandálias de tiras entrelaçadas, jeans bem batidos, algumas blusas e um relógio. Quando seu irmão, Veikko, tinha ido a terra antes, tinha pegado emprestada a camisa macia de que Murrin tanto gostava. Em vez dela, Murrin ia ter que usar uma que precisava ser fechada com muitos botõezinhos. Ele detestava botões. A maior parte da sua família não gostava de ir a terra a ponto de precisar de muitas roupas, mas Murrin já tinha ido a terra com uma frequência tal que o fazia sentir falta de uma camisa apropriada. Ele mal conseguiu abotoar a camisa, metendo um ou dois botõezinhos nas casas igualmente minúsculas e saindo logo depois para encontrá-la: a menina que ele havia escolhido, no lugar do mar.

Ele não tinha planejado que ela encontrasse sua Outra-Pele assim, não naquele momento. Tinha pretendido falar com ela, mas ao sair da água, ele a vira: ali, não na festa. Ele a contemplara, tentando imaginar como sair da arrebentação sem assustá-la, mas então sentiu aquilo — o toque dela na sua pele. A pele dele não devia estar ali. Não devia ter acontecido isso. Ele tinha planejado tudo.

Um *selkie* não podia ter uma companheira e a água ao mesmo tempo, portanto Murrin tinha esperado até encontrar uma moça que o estimulasse o suficiente para lhe prender a atenção. Depois de conviver com os humores do mar, não era fácil encontrar uma pessoa pela qual valesse a pena perder as ondas.

"Mas eu encontrei uma."

Então planejou acalmá-la, tentar cortejá-la em vez de capturá-la, mas quando ela pisou na sua Outra-Pele, todas as demais opções deixaram de existir. Não havia saída, estavam agora ligados um ao outro. A ele só restava fazer o mesmo que seu pai tinha feito uma vez, tentar convencer uma mortal a confiar nele depois de ele tê-la capturado. O fato de que ele não tinha colocado a pele onde ela a havia encontrado não mudava nada. Ele só podia agora tentar esperar que ela deixasse de ter medo, encontrar uma forma de convencê-la a confiar nele, encontrar uma maneira de persuadi-la a perdoá-lo: exatamente as coisas que ele queria ter evitado.

Os mortais não tinham força suficiente para rejeitar o encantamento que prendia o *selkie* a ela. O encantamento não a obrigaria a amá-lo, mas os *selkie*s eram criados sabendo que eles não iriam ter sempre amor. A tradição era mais importante. Encontrar uma companheira, formar uma família, isso era mais importante.

E o plano de Murrin de ir contra as tradições e conhecer melhor sua companheira antes de unir-se a ela tinha ido por água abaixo.

"Graças a Veikko."

Perto dos banheiros sujos ao longo do estacionamento da praia, Alana viu uma moça vestida apenas com uma blusa fina e shorts esfarrapados. Ela tremia, não de frio, mas de algo que tinha injetado em si mesma, ou que não tinha conseguido obter para se injetar. Em geral os viciados em drogas e os nômades andavam em pequenos grupos, mas aquela moça estava sozinha.

A pele formigou e virou de novo um lindo casaco de couro assim que Alana viu a moça. *Perfeito.* Alana foi até onde a moça estava e tentou lhe entregar o casaco.

— Toma. Para você se aquecer...

Mas a moça recuou e, pela cara que fez, ficou horrorizada, olhando de relance do casaco para o rosto de Alana, depois para o estacionamento, quase vazio.

— Não vou contar a ninguém, mas, por favor, só...

E aí, parecendo que estava para vomitar, a moça lhe deu as costas.

Alana olhou para baixo. A pele, ainda parecida com um casaco, estava coberta de sangue. O sangue lhe cobria as mãos, os braços e todos os pontos onde a água do mar havia molhado o casaco, agora vermelho-escuro sob a luz forte dos postes de iluminação. Por um instante, Alana pensou que estava errada, que tinha machucado o *selkie*. Olhou para trás: uma trilha de gotículas quase perfeitas se estendia atrás dela. E, enquanto ela olhava, as gotículas assumiram uma cor branco-prateada, como se alguém tivesse derramado mercúrio na areia. Elas não afundaram. Ficaram equilibrando-se sobre a areia, mantendo sua forma. Alana, olhando de relance para baixo, viu o sangue no casaco ficar prateado também.

— Está vendo? Não tem problema. Fica com ele. Vai...

A moça trêmula já tinha sumido.

— ...ficar tudo bem — terminou Alana. Piscou para evitar as lágrimas de frustração. — Só quero que alguém estenda os braços para eu poder soltar essa pele!

Com a mesma certeza que tinha lhe revelado o que era Murrin e o que era o cara dos dreads, ela percebeu que não podia jogar a pele fora, mas que se alguém estendesse a mão para pegá-la ela podia soltá-la. A pele podia cair no chão, e ninguém seria capturado. Ela só precisava achar alguém que estivesse disposto a fazer isso.

Duas vezes mais, enquanto voltava para casa, ela tentou. E nas duas vezes, aconteceu o mesmo: as pessoas olhavam para ela aterrorizadas ou enojadas, vendo-a estender para elas um casaco ensanguentado. Só quando elas lhe davam as costas é que a umidade do casaco retomava a aparência de gotas espessas e salgadas.

Fosse qual fosse o feitiço que a deixara incapaz de resistir a pegar aquela pele, estava tornando impossível livrar-se dela, também. Alana pensou sobre o que sabia a respeito dos *selkies*: sua avó tinha lhe contado histórias sobre o povo das focas quando Alana era pequena: as *selkies*, mulheres-focas, vinham até a praia. Despiam sua Outra-Pele e, às vezes, se não tomassem cuidado, um pescador ou algum solteiro qualquer encontrava a pele e a roubava. Os novos maridos escondiam as peles das focas para poderem prender consigo as suas esposas.

Mas sua avó não tinha dito nada sobre *selkies* do sexo masculino; também não tinha dito que as mulheres-focas capturavam os homens. As histórias da avó faziam os *selkies* parecerem tristes, sem liberdade de se transformarem em focas de novo porque suas Outras-Peles tinham sido escondidas. Nas histórias, os *selkies* eram as vítimas, e os seres humanos, os vilões. Capturavam esposas-focas indefesas no mar, enganando-as, para exercerem poder sobre elas. As histórias eram todas muito claras: as *selkies* estavam capturadas... Mas no mundo real, Alana é que estava se sentindo capturada.

Quando ela chegou ao seu apartamento, estava desejando, mais uma vez, que a avó estivesse viva para lhe dizer o que fazer. Sentia-se como uma criancinha com saudades da avó, mas vovó era a adulta, a pessoa que podia resolver tudo, ao passo que sua mãe vivia tão perdida quanto Alana na maioria das vezes.

Diante do prédio onde morava, Alana parou. O carro deles estava estacionado na rua, diante do edifício. Alana abriu o porta-malas. Cuidadosamente, dobrou o casaco-pele. Depois de olhar furtivamente em torno de si, esfregou o rosto contra o pelo preto e macio. Aí, com um cuidado que não conseguiu controlar, enfiou-o sob o cobertor sobressalente que a mãe mantinha no porta-malas e que fazia parte do kit de emergência para quando o carro quebrasse na estrada. Era como se não houvesse outra escolha: ela precisava guardar a pele com cuidado, mantê-la fora do alcance dele e manter seu *selkie* longe das outras mulheres.

Proteger meu companheiro. Essas palavras lhe surgiram na mente contra a sua vontade, contrariando-a. Ela bateu a porta do porta-malas com força e foi até a frente do carro. E como fazia com frequência quando precisava sair à noite, deitou-se no capô. Ainda estava quente, porque a mãe devia ter chegado pouco antes da festa à qual havia ido.

Alana contemplou a lua e murmurou:

— Ai, vovó, estou ferrada.

Depois aguardou. Ele ia aparecer. Ela sabia que ia, e ter que encará-lo com sua mãe por perto, feliz por Alana ter trazido um rapaz para casa... ia piorar ainda mais as coisas.

"É melhor fazer isso do lado de fora."

Murrin a viu deitada sobre um carro que lhe fazia lembrar daqueles que tinha visto estacionados ao longo da praia dias a fio. Estava horrível, coberto de buracos de ferrugem, sem uma das maçanetas. Ela, porém, era linda, pernas e braços longos e corpo curvilíneo. Cabelos castanhos curtos da cor de pelos de foca lhe emolduravam o rosto de ângulos pronunciados. Quando ele a vira na praia, muitas marés atrás, tinha logo sentido que ela era a sua escolhida: uma menina que adorava os recifes e para quem a lua era um tesouro. A espera fora pavorosa, mas ele tinha observado os hábitos dela e planejado como se aproximar. As coisas não estavam indo de acordo com seus planos, é claro, mas ele ia encontrar uma forma de fazer tudo dar certo.

— Esposa? — E seu coração se acelerou ao dizer isso, chamá-la pelo que era, finalmente dizer essa palavra a ela. Ele se aproximou do carro, não chegando perto o suficiente para tocá-la, mas perto, ainda assim. Depois de tantos anos sonhando em encontrar uma esposa, era inebriante estar tão perto dela. Talvez não fosse como ele havia imaginado, mas mesmo assim *era*.

Ela se levantou, os pés roçando contra o capô do carro.

— Do que foi que me chamou?

— Esposa. — E ele se aproximou dela, devagar, as mãos dos lados do corpo. Por mais mortais que ele já tivesse observado ou fossem quantas fossem as outras que tinha conhecido, ele ainda vacilava. Obviamente, chamá-la de "esposa" não era a tática correta. Ele voltou a tentar. — Não sei seu outro nome ainda.

— Alana. Meu *único* nome é Alana. — E ela moveu-se, para sentar-se com as pernas dobradas para um lado, posição típica de uma *selkie*.

Foi encantador. Mas as palavras dela não foram nada encantadoras.

— Não sou sua esposa — disse ela.

— Sou Murrin. Gostaria de...

— Não sou sua esposa — repetiu ela, um pouco mais alto.

— Gostaria de dar um passeio comigo, Alana? — E adorou dizer o nome dela: *Alana, minha rocha, meu porto, minha Alana.*

Só que, quando ele chegou mais perto, ela ficou tensa e olhou para ele com a mesma expressão cautelosa que ele vira na praia. Ele gostou daquela hesitação. Algumas mortais que conhecera na praia quando estava naquela forma tinham se disposto a deitar-se com ele imediatamente, sem nem mesmo trocar muitas palavras. Tinha sido bom, mas não era isso que ele queria de uma esposa. A falta de significado o entristecia: ele queria que todo toque, toda carícia e todo suspiro fossem importantes.

— Gostaria de dar um passeio comigo, Alana? — E ele abaixou a cabeça, fazendo seus cabelos caírem para a frente, numa posição tão humilde quanto possível. Estava tentando mostrar que não era uma ameaça para ela. — Gostaria de falar com você sobre *nós*, para podermos nos entender mutuamente.

— Lanie? — Uma versão mais velha de sua companheira, provavelmente a mãe de Alana, apareceu, a luz iluminando-a por trás. — Quem é o seu amigo? — E sorriu para ele. — Meu nome é Susanne.

Murrin avançou na direção da mãe de Alana.

— O meu é Murrin. Eu...

— Nós estávamos de saída — disse Alana. E agarrou a mão dele, puxando-a. — Para tomar chá.

— Chá? A esta hora? — A mãe de Alana sorriu, achando graça, pela cara que fez. — Claro, querida. Mas volte para casa depois do nascer do sol. Vamos todos dormir até tarde amanhã.

Enquanto caminhavam, Alana tentava pensar no que dizer, mas não achava palavras para iniciar a conversa. Não quis perguntar a ele por que se sentia tão atraída por ele ou se isso ainda iria piorar. Desconfiava de que era resultado do encantamento que a fazia incapaz de entregar a pele dele a outra. Eles estavam interligados. Ela havia entendido isso. Não ia querer saber se ele sentia a mesma compulsão de estender a mão para tocá-la. Mas sabia que para resistir a isso teria que fazer um esforço supremo.

"Não é real." Ela olhou para ele, e sua pulsação se acelerou. "E também não é definitivo. Posso me livrar dele. E quero."

Metendo as mãos nos bolsos, continuou caminhando em silêncio ao lado dele. Em geral, a noite parecia próxima demais quando as pessoas — "bom, na realidade, apenas os garotos" — estavam no seu espaço. Ela não queria se transformar em sua mãe: acreditar no primeiro sonhador, buscando a ilusão de que o desejo ou a necessidade pudesse evoluir para alguma coisa concreta. Não era assim. *Nunca*. Em vez disso, a emoção da paixão inicial transformava-se em drama e pranto, sem exceção. Fazia mais sentido terminar tudo antes daquele segundo estágio inevitável e complicado. Namoros curtos eram bons, mas Alana sempre obedecia à Regra das Seis Semanas: só namorava quem pudesse dispensar em até seis semanas. Isso significava que precisava encontrar uma forma de se livrar de Murrin dentro de seis semanas, e o único que poderia ajudá-la a descobrir como fazer isso era ele.

No velho prédio da cafeteria, ele parou e olhou de relance para ela.

— Aqui é um bom lugar?

— É. — E sem querer, ela tirou as mãos dos bolsos e começou a estender os braços. Franzindo a testa, voltou a cruzar os braços. — Não é um encontro. Eu simplesmente não queria você perto da minha mãe.

Sem nada dizer, ele estendeu o braço para abrir a porta.

— Que foi? — Ela sabia que estava mal-humorada, podia se ouvir sendo mal-educada. "E por que não deveria? Eu não pedi que esse cara viesse atrás de mim."

Ele suspirou.

— Eu preferiria machucar a mim mesmo a machucar a sua mãe, Alana. — E depois fez sinal para que ela entrasse na cafeteria. — Sua felicidade, sua vida, sua família... É tudo que me importa agora.

— Você não me conhece.

Ele deu de ombros.

— As coisas simplesmente são assim.

— Mas... — E ela o fitou, tentando encontrar palavras para discutir, fazê-lo... "O quê? Ir contra a ideia de me fazer feliz?" — Isso não faz sentido.

— Vamos nos sentar e conversar. — E ele andou até o lado mais distante da loja, longe do espaço central bem-iluminado. — Há uma mesa vazia aqui.

Havia outras mesas vazias, mas ela não as escolheu. Queria privacidade para a conversa entre eles. Perguntar a ele como romper algum vínculo de conto de fadas já era em si uma coisa estranha; fazer isso na frente dos outros era um pouco demais.

Murrin parou e puxou a cadeira para ela se sentar.

Ela se sentou, tentando não se emocionar com aquele cavalheirismo dele ou com sua aparente falta de atenção em relação às meninas e alguns caras que estavam olhando para ele com um interesse evidente. Ele parecia que nem havia notado os outros, mesmo quando pararam de falar no meio de uma frase para sorrirem quando ele passou por suas mesas.

"E quem poderia culpá-los por olharem para ele?" Alana talvez se sentisse mal por estar naquela situação esquisita, mas isso não significava que não tinha ficado meio deslumbrada pela aparência altamente sedutora dele. Não por querer ficar com ele, claro, mas porque seu coração se acelerava toda vez que ela olhava para ele. "Boa aparência não quer dizer nada. Isso não me importa. Ele me *capturou*."

Murrin sentou-se na cadeira em frente a ela, observando-a com uma atenção que a fez tremer.

— O que quer? — indagou ela.

Ele estendeu o braço e pegou a mão dela.

— Não quer ficar aqui?

— Não. Não quero ficar aqui *com você*.

Calmo, ele perguntou:

— Então como posso agradá-la? Como posso fazer com que queira estar perto de mim?

— Não pode. Quero que vá embora.

Várias expressões indecifráveis passaram pelo rosto dele, rápidas demais para serem identificadas, mas ele não respondeu. Em vez disso, fez sinal para o quadro-negro gigante que servia de cardápio e leu as opções.

— Mocha? Americano? *Macchiato?* Chá? Leite?

Ela pensou em obrigá-lo a responder o que ela precisava, mas não fez isso. Ser hostil não ia levar a nada. *Ainda não.* Se brigasse com ele, não ia obter respostas, portanto decidiu tentar uma abordagem diferente: a lógica. Ela inspirou para se preparar.

— Claro. Um mocha. Duplo. — Ela ficou de pé para meter a mão no bolso e pegar dinheiro.

Ele se levantou num pulo, conseguindo parecer mais gracioso do que qualquer homem que ela jamais havia conhecido.

— Vai querer comer alguma coisa com o café?

— Não. — Ela tirou uma nota de cinco dólares dentre as notas que trazia no bolso, desdobrando-a e entregando-a a ele. Em vez de pegar a nota, ele franziu o cenho e afastou-se da mesa.

— Espera aí — disse ela, sacudindo a nota e espichando mais ainda o braço. — Leva isso.

Ele voltou a olhá-la de cenho franzido e balançou a cabeça.

— Não posso.

— Então tá. Eu mesma pego o café. — E contornou-o.

Com uma velocidade que ela jamais pensou ser possível, ele passou à sua frente. Ela tropeçou, esbarrando nele de leve, e equilibrou-se apoiando uma das mãos no seu peito.

Com um leve suspiro, ele pôs a mão sobre a dela.

— Posso pagar uma xícara de café para você, Alana? Por favor. Não vai ficar me devendo nada por isso.

"Seja lógica", recordou-se ela. "Recusar uma xícara de café não é lógico."

Sem nada dizer, ela assentiu, e foi recompensada com um olhar gentil.

Depois que ele se afastou, ela se sentou e ficou observando-o passar pela multidão. Ele não pareceu intimidar-se, nem com as pessoas que esbarravam nele, nem com as mesas cheias. Atravessou o salão facilmente, de um jeito sobrenatural. Várias vezes, olhou de relance para ela e para as pessoas sentadas ao seu redor, atencioso sem ser possessivo.

"Por que é que isso me encanta?" Ela olhava para ele com um desejo nada familiar, sabendo que ele não era verdadeiramente dela, sabendo que não queria ligar-se a ele, mas mesmo assim sentindo um anseio estranho.

"Será coisa de *selkie*?" Ela procurou olhar para outro ponto e começou a pensar de novo no que ia dizer, que perguntas fazer, como desatar aquele nó que os havia prendido.

Alguns minutos depois, e mais uma vez sem esforço visível, Murrin passou pela multidão até chegar onde ela estava, equilibrando dois copos com um prato em cima de cada um. O primeiro prato continha um sanduíche grande; o segundo tinha um monte de biscoitos, brownies e quadradinhos de chocolate. Ele lhe entregou o mocha.

— Obrigada — murmurou ela.

Ele assentiu e empurrou os pratos para o meio da mesa, entre eles.

— Achei que você podia querer comer alguma coisa.

Ela olhou para o prato de doces e para o sanduíche.

— Tudo isso é pra mim?

— Não sabia o que ia preferir.

— Preferiria que você fosse embora.

A expressão dele ficou séria.

— Não posso. Por favor, Alana, precisa me entender. Já é assim há séculos. Eu não tive a *intenção* de capturá-la, mas não posso me afastar. Não consigo fazer isso, fisicamente falando.

— Não dá para levar de volta? A sua... hã... pele? — E ela prendeu a respiração.

Ele olhou tristemente para ela de novo. Seus olhos, negros e úmidos, lhe lembraram o mar à noite.

— Se eu a encontrar onde a escondeu sem que você pretenda que eu faça isso. Pura coincidência. Ou se eu me zangar o suficiente para procurar por ela depois que você me bater três vezes. Sim, há como fazer isso, mas não é provável. Você não pode deixar de escondê-la, e eu não posso procurar por ela sem motivo.

Alana havia desconfiado que devia ser assim. Sabia que não ia conseguir escapar daquilo facilmente, mas mesmo assim precisava perguntar, ouvir a resposta dele. Sentiu os olhos arderem, quando se encheram de lágrimas.

— E então, o que a gente faz?

— Vamos nos conhecer melhor. Espero que descubra que me quer perto de si. Está esperando que eu lhe diga algo que a ajude a se livrar de mim. — Ele parecia tão triste ao dizer isso que ela se sentiu culpada. — Faz séculos que isso também é assim.

Os dois passaram a hora seguinte conversando, parando de falar e voltando a conversar. De tempos em tempos, Alana se descontraía. Murrin notou que ela estava se divertindo, mas toda vez que percebia isso, uma espécie de ligeira irritação surgia no seu rosto, e ela voltava a fechar-se. Quando se sentia atraída por ele, ela voltava a se retrair. Sua força de vontade era imensa, e por mais que ele respeitasse isso, sentia desespero ao notar que ela estava decidida a resistir.

Ele viu que ela o ouvia com a cabeça inclinada para um lado. Percebeu o ritmo de suas palavras enquanto ela falava de sua vida em terra. Sabia que era uma estratégia consciente, que ela estava avaliando a situação para poder se livrar dele. Mas tinha aprendido a ser paciente e flexível durante sua vida no mar. Eram qualidades de que todo *selkie* precisava para sobreviver. O pai de Murrin tinha alertado que essas qualidades eram igualmente essenciais num namoro, e embora Murrin não tivesse pensado em seguir o comportamento do pai, tinha prestado atenção quando ele falava. Naquela noite, ele se alegrou por ter aprendido isso.

Finalmente, a loja foi se esvaziando, até restarem somente os dois. Alana começou a bocejar.

— Precisa descansar, Alana — disse ele, ficando de pé e esperando por ela. Os olhos dela estavam pesados de sono. Talvez uma boa noite de sono ajudasse os dois.

Ela não olhou para ele, mas já havia abaixado a guarda o suficiente para aceitar que ele pegasse na sua mão; engasgou de susto ao perceber que tinha aceitado.

Murrin ficou paralisado, esperando que ela decidisse o que fariam em seguida. Não tinha resposta, não tinha a menor ideia de como reagir. Ninguém o havia avisado de que só de tocá-la ele iria sentir uma emoção como aquela. Tinha lutado até o limite de suas forças para mantê-la próxima e segura, para fazê-la feliz. A emoção que o impelia parecia com o mar. Ele se deixaria afogar sob o peso dela, sua enormidade, sem nem mesmo protestar.

Alana tentou não reagir à sensação que a invadiu quando a mão dele tocou a sua, mas havia algo de *certo* nela; era como sentir o Universo inteiro se encaixar. A paz, uma sensação sempre fugidia, começou a preenchê-la. Ela sentia paz no recife, sob a lua cheia, mas não era um sentimento que experimentasse quando estava perto de outras pessoas. Ela soltou a mão dele rapidamente, e ele não resistiu. Mas o sentimento desapareceu. Era como observar o mar fugindo dela, ver a água recuar para algum ponto para onde ela não podia segui-la. A água fugia mesmo que ela tentasse agarrá-la, mas, ao contrário do mar, esta sensação de agora parecia algo quase tangível. Ela agarrou a mão dele e olhou intensamente os dedos dos dois, entrelaçados. *Ele era tangível.*

"E vinha do mar..."

Ela se perguntou se era por isso que se sentia assim... Tocá-lo era o mesmo que tocar o mar. Ela passou o polegar sobre as juntas dos dedos dele. Sua pele não era diferente da dela. Pelo menos não naquele momento. A ideia de que ele podia se transformar em outra coisa, algo que não era humano, foi quase suficiente para fazê-la soltar a mão dele outra vez. Quase.

— Não vou machucá-la, Alana — dizia ele, murmurando palavras de maneira ritmada e longe de ser humana.

Ela sentiu arrepios. Seu nome jamais tinha sido pronunciado de uma forma tão bela.

— As pessoas não costumam incluir o nome da pessoa com quem estão falando em todas as frases.

Ele assentiu, mas sua expressão estava impenetrável, cuidadosamente isenta de emoção.

— Preferiria que eu não fizesse isso? Gosto do seu nome, mas poderia...

— Não importa. É que eu... simplesmente... não estou gostando disto. — Ela indicou as mãos deles, ele e também a si mesma, mas ainda estava de mãos dadas com ele quando saíram da cafeteria. Ela estava muito cansada, muito confusa, e o único momento de paz que sentira tinha sido aquele em que tocara a pele dele.

Uma vez do lado de fora, ela mudou de assunto de novo.

— Onde vai ficar?

— Com você, não é?

Ela riu antes que pudesse se conter.

— Hã... acho que não vai dar.

— Não posso ficar muito longe de você agora, Alana. É como se houvesse uma correia nos atando. Só consigo me afastar até um certo ponto. Posso dormir do lado de fora. — E deu de ombros. — Não ficamos mesmo em casas, na maior parte do tempo. Minha mãe, sim, mas ela é... como você. Eu às vezes vou lá passar algum tempo com ela. É mais confortável, mas não é necessário.

Alana pensou no caso. Sabia que sua mãe não se importaria. Susanne não criava caso absolutamente nenhum sobre nada, mas parecia-lhe que deixar Murrin dormir no sofá de casa seria como admitir a derrota. "Então eu vou deixá-lo dormir do lado de fora como um animal? Mas, pensando bem, ele é um animal, não é?" E parou por um instante; ele também parou de andar.

"Eu nem mesmo devia deixá-lo entrar na minha casa; será que estou ficando louca?" Ele não era humano, era um animal. Quem ia saber as regras segundo as quais vivia? Se é que tinha regras ou leis... Ela não era diferente de sua mãe: deixava-se levar por palavras vazias, deixava estranhos entrarem no seu lar. Mas ele a capturara. E não era o único que tinha tentado. Alguma coisa estranha estava acontecendo, e ela não estava gostando nada daquilo. Soltou a mão de Murrin e afastou-se dele.

— Quem era o cara que falou comigo perto da fogueira e que tentou me dar uma pele? Por que vocês dois... Ele disse que você era pior que ele, e que... — E olhou para Murrin, para o seu rosto. — E por que eu?

Murrin não conseguiu dizer nada, não conseguiu processar nada além do fato de que seu irmão tinha tentado desviar para si a atenção da companheira que ele pretendia conquistar. Ele sabia, assim que aconteceu, que Veikko tinha levado a Outra-Pele dele e a colocado onde Alana a encontrara, mas não tinha pensado que além disso Veikko podia tê-la abordado. "Por que ele tinha feito isso?" Veikko ainda tinha raros acessos de irritação por ter perdido Zoë, mas eles tinham conversado sobre o assunto. "Ele disse que entendia... Então por que estava falando com minha Alana?"

Murrin ficou imaginando se deveria tranquilizar Veikko, dizendo que Alana estava em boas mãos, que não era como Zoë, que não se perderia numa depressão potencialmente fatal. "Quem sabe ele estava tentando proteger Alana... E eu?" Isso certamente fazia bem mais sentido para Murrin, a não ser pelo fato quase certo de que Veikko tinha sido o responsável por deixar a Outra-Pele no caminho de Alana. Não havia nenhum outro *selkie* na praia.

"Nada disso faz sentido... nem devo falar no assunto agora."

Era bem mais complicado do que todas as outras coisas que Alana estava precisando entender, portanto Murrin procurou ocultar sua confusão e desconfiança e disse:

— Veikko é meu irmão.

— Seu irmão?

Murrin assentiu.

— Ele me deu medo. — Ela corou ao dizer isso, como se o medo fosse algo de que precisasse sentir vergonha, mas a admissão foi apenas um piscar de olhos. Alana ainda estava zangada. Sua postura era tensa: de mãos cerradas, coluna ereta, olhos semicerrados. — Ele disse que você era pior e que ele voltaria. Ele...

— Veikko, o Vic, está meio atrasado em matéria de comunicação com... seres humanos. — Murrin detestava ter que usar aquelas palavras, mas foi inevitável. Ele não era igual a ela, jamais seria o que ela era. Era algo que eles precisavam reconhecer. Murrin aproximou-se mais dela. Apesar da raiva, Alana precisava de consolo.

— Por que ele disse que você era pior?

— Porque eu queria conhecer você antes de lhe contar o que eu era. Nada disso foi intencional. Minha Outra-Pele foi... — E fez uma pausa, sem saber se devia dizer-lhe que desconfiava que Veikko tinha tentado capturá-la, e decidiu não dizer nada. Alana e Veikko iam ser obrigados a passar muitos anos lado a lado: uma simples omissão, e podia prevenir toda a tensão resultante da raiva que ela ia sentir do cunhado. — ...estava num lugar onde não devia estar. E você também não devia estar onde estava. Eu ia ao seu encontro, para tentar sair com você como os humanos fazem.

— Ah, sei. — E ela cruzou os braços sobre o peito.

— Mas...

— Vic pensa que sou "pior" do que outros na minha família porque estou desrespeitando as tradições... ou pelo menos era esse o plano. — E aí ele sorriu, encabulado. — Pensa que é pior o fato de eu antes querer namorar você e só depois revelar quem sou. Mas agora nada disso importa mais...

— Mas como pode ser?·

— Eu já me pergunto isso há anos. — E estendeu a mão para ela. — Não é o que vou ensinar aos meus filhos... Um dia, quando me tornar pai. Não é o que eu queria, mas agora estamos juntos. Vamos descobrir um meio de contornar isso.

Ela pegou a mão dele.

— Não precisamos ficar juntos.

Ele não respondeu, simplesmente *não conseguiu* responder por alguns instantes. Depois disse:

— Desculpe.

— Eu também peço desculpas. Mas não sou de namorar sério, Murrin. — As pontas dos dedos dela acariciaram a mão dele, distraidamente.

— Não queria capturar você, mas também não estou disposto a deixá-la partir. — E esperou que ela protestasse, se zangasse, mas, como o mar, os humores dela também eram imprevisíveis.

Ela então sorriu, não como se estivesse infeliz, mas como se fosse perigosa.

— Então acho que vou ter que convencê-la.

"Ela é mesmo perfeita para mim."

Durante as três semanas seguintes, as dúvidas de Alana foram pouco a pouco substituídas por uma espécie de amizade. "Não faz mal tratá-lo bem. Não é culpa dele." Ela começou a tentar se convencer de que podiam ser amigos. Mesmo que não pudesse se livrar dele, não iria necessariamente precisar *namorá-lo*, e definitivamente não precisava *casar-se* com ele.

Certa noite, acordou assustada, trêmula, pensando em Murrin. Eram amigos. Tudo bem, ele dormia no sofá da sua casa e também comia com ela, mas não era um compromisso. Era uma questão de conveniênia. Ele não tinha para onde ir. Não podia dormir na praia. E era ele quem fazia as compras, portanto não era um simples parasita. Era só... um amigo que estava sempre presente.

"E ele me faz feliz."

Ela foi até a sala de estar. Murrin estava de pé diante da janela, os olhos fechados, o rosto voltado para cima. A expressão no seu rosto era de dor. Sem pensar duas vezes, ela se colocou ao seu lado.

— Murrin?

Ele se virou e olhou para ela. A agonia nos seus olhos era tão intensa que chegava a dar dó, mas depois que ele piscou, não se viu mais nada.

— Está se sentindo mal?

— Não.

Ela pegou a mão dele e o afastou da janela.

— Está?

— Claro que não. — Sorriu, um sorriso que seria tranquilizador se ela não tivesse visto a tristeza ainda em seus olhos.

— O que aconteceu?

— Nada — disse ele, apontando para a porta do quarto dela. — Pode ir. Estou bem.

Ela pensou no caso, que ele estava longe de sua família, de sua casa, de tudo que lhe era familiar. Eles só falavam do que ela queria, do que a fazia feliz, de como ela se sentia. *Ele* tinha tantos problemas quanto ela, até mais.

— Vamos conversar. Afinal, estamos tentando ser amigos, não estamos?

— Amigos — repetiu ele. — É isso que vamos ser?

E ela fez uma pausa. Apesar da situação absurda, ela não estava mais se sentindo desconfortável. Tocou-lhe o rosto e deixou a mão ali onde estava. Ele era uma boa pessoa.

Ela disse:

— Não estou tentando me fazer de difícil.

— Nem eu. — E ele encostou o rosto na mão dela. — Mas... estou tentando ter cuidado.

Ela colocou as mãos nos ombros dele e ficou na ponta dos pés. O toque da mão dela em sua pele era suficiente para fazer o mundo inteiro parecer completo como sempre parecia. Durante os últimos dois ou três dias, ela tinha deixado os dedos lhe roçarem o braço, tinha esbarrado nele com o ombro... pequenos toques para ver se sempre era assim perfeito. E era. Porém, o coração dela agora batia acelerado.

Ele não se mexeu.

— Não posso prometer nada — murmurou ela, e depois o beijou. E aquela sensação de pura felicidade que surgia cada vez que ela tocava a pele dele a consumiu. Ela não conseguiu respirar, nem mover-se, nem fazer mais nada a não ser sentir.

Murrin observou Alana cautelosamente no dia seguinte. Ele não sabia o que tinha acontecido, se significava alguma coisa ou se ela só estava sendo compreensiva. Tinha sido muito clara ao insistir que fossem amigos, e que *só* poderiam ser amigos, e nada mais. Ele esperou, mas ela não mencionou o beijo... nem tornou a beijá-lo.

"Talvez tenha sido só um acaso feliz."

Durante dois ou mais dias, ela agiu como tinha agido antes do beijo: foi bondosa, amistosa, e às vezes esbarrava nele como que sem querer. Mas nunca era. Ele sabia disso. Mesmo assim, não fazia nada extraordinário.

No terceiro dia, ela se deixou cair ao lado de Murrin no sofá. Susanne tinha saído para uma aula de ioga, mas isso também não fazia diferença. Susanne parecia estar encantada por Alana ter querido que Murrin ficasse na casa delas; Murrin desconfiava que Susanne nem sequer se importaria se ele dormisse no quarto com Alana. Foi Alana quem impôs limites. A mesma Alana que agora estava sentada tão perto dele, contemplando-o com um sorriso de quem está se divertindo.

— Pensei que tivesse gostado de me beijar naquela noite — disse ela.

— E gostei.

— Então...

— Acho que não estou entendendo.

— Podemos *fingir* que somos amigos... mas estamos namorando. Certo? — E ela brincou com a bainha da camisa.

Ele aguardou, no espaço de várias respirações, mas ela não disse mais nada. Então ele perguntou:

— E aquele seu plano de me convencer a ir embora?

— Não sei mais se quero mesmo isso. — E pareceu ficar envergonhada. — Não posso prometer que ficaremos juntos para sempre, nem mesmo que ainda estaremos juntos no mês que vem, mas penso em você o tempo todo. Sou mais feliz com você do que jamais fui em toda a minha vida. Sinto uma espécie de... magia quando nos tocamos. Sei que não é de verdade, mas...

— Não é de verdade?

— É coisa de *selkie*, certo? Como a necessidade de pegar sua Outra-Pele. — E ela parou de falar. Depois continuou, muito rápido: — Funciona nos dois sentidos?

Ela estava perto o suficiente para que fosse natural que ele a abraçasse. E ele fez isso. Puxou-a para seu colo e passou-lhe os dedos pelos cabelos, deixando que os fios se enredassem nos seus dedos.

— Não é coisa de *selkie*, não — disse-lhe ele. — Mas é nos dois sentidos, sim.

Ela começou a afastar-se.

— Pensei que fosse só... você sabe, magia.

Ele segurou-lhe a cabeça com uma das mãos, mantendo-a bem perto de si, e disse:

— Mas *é* magia. Encontrar uma companheira, apaixonar-se, perceber que ela corresponde ao seu amor... É magia pura.

E sua Alana, sua companheira, o amor da sua vida, não se afastou. Aproximou-se o suficiente para beijá-lo... não por compreensão, nem outras emoções mal-interpretadas, mas por carinho.

"Tudo está perfeito." Ele a abraçou com mais força e entendeu que, apesar de sua incapacidade de cortejá-la antes de eles estarem ligados, tudo ia terminar bem. Ela não tinha dito isso com todas as letras, mas o amava.

"Minha Alana, minha companheira..."

Na noite seguinte, Murrin pegou o saco de pérolas e foi até o joalheiro que sua família sempre procurava. A joalheria Davis Jewels ia fechar dentro de apenas alguns minutos, mas o joalheiro e sua esposa nunca tinham rejeitado as visitas de Murrin. O sr. Davis sorriu quando Murrin entrou.

— Vou telefonar para Madeline e lhe dizer que vou me atrasar.

O sr. Davis foi até a porta, trancou-a e ligou o alarme. Se Murrin fechasse os olhos, podia acompanhar os passos do homem mais velho de memória, e eles iriam coincidir direitinho com o que estava acontecendo diante dele.

Quando o sr. Davis foi telefonar para sua esposa, Murrin esperou ao balcão. Desdobrou o pano que tinha trazido consigo em tantas viagens e derramou o conteúdo no tecido macio.

O sr. Davis terminou sua ligação e abriu a boca para falar, mas se esqueceu do que pretendia dizer ao olhar para o balcão. Aproximou-se, olhando de relance para Murrin, a atenção voltada para as pérolas.

— Você nunca me trouxe tantas...

— É que preciso comprar também uma coisa aqui — disse Murrin, gesticulando para as vitrines da loja. — Vou... me casar.

— Ah, então era por isso que queria um colar. Estava estranhando — O sr. Davis sorriu, seu rosto formando um labirinto de rugas tão espesso quanto as folhas das algas marinhas, belo apesar da pele de pessoa idosa. Era um homem que entendia o amor: quando o sr. Davis e sua esposa se entreolhavam ainda havia aquele brilho.

Ele foi até os fundos da loja e trouxe um estojo com o colar de pérolas. Tinha sido feito com pérolas que Murrin tinha selecionado ao longo de muitos anos.

"Para Alana."

Murrin abriu o estojo e passou a ponta dos dedos sobre as pérolas.

— Perfeito.

O sr. Davis voltou a sorrir, depois tirou as pérolas do pano macio e levou-as até sua mesa para examiná-las. Depois de passar anos comprando pérolas da família de Murrin, o homem só examinava as pérolas (seu tamanho, formato, cor e brilho) superficialmente, só que, mesmo assim, o exame fazia parte do processo.

A ordem dos passos cumpridos do joalheiro era tão familiar quanto as correntes do oceano para Murrin. Em geral ele aguardava sem se mexer enquanto o homem cumpria sua rotina. Dessa vez, ficou admirando as vitrines do balcão.

Quando o sr. Davis se aproximou, Murrin indicou as fileiras de solitários.

— Pode me ajudar a escolher um desses anéis?

O joalheiro disse a Murrin quanto ele pagaria pelas pérolas e acrescentou:

— Não sei quanto vai querer gastar dessa quantia.

Murrin deu de ombros.

— Quero agradar minha esposa. Só isso me importa.

Alana não ficou surpresa ao ver o cara dos dreads, Vic, encostado em uma parede perto da cafeteria onde ela estava esperando Murrin, que havia ido fazer alguma coisa que preferia manter em segredo. Alana tinha a impressão de ter visto Vic várias vezes ultimamente. Mas ela não parou. Não estava certa do que dizer a ele.

Quando percebeu que ele andava observando-a, pensou em consultar Murrin, mas não sabia bem o que dizer, nem o que perguntar.

Vic alcançou-a, acertando o passo com ela, e passou a acompanhá-la.

— Preciso lhe dizer uma coisa, Alana. Pode me dar atenção?

— Por quê?

— Porque agora você é companheira do meu irmão, e estou preocupado com ele.

— Tive a impressão de que Murrin não gosta tanto assim de você... e ele está bem. Feliz. — Ela sentiu um aperto no peito, de pânico. Era muito diferente do que sentia quando estava com Murrin.

— Então não tem visto o meu irmão contemplando o mar? Ele não sente saudades de lá? — A expressão de Vic era reveladora: ele já sabia a resposta. — Ele não pode admitir. Faz parte do... encantamento. Você o prendeu aqui em terra quando roubou sua Outra-Pele. Ele não pode lhe dizer que está infeliz, mas você vai descobrir no seu devido tempo. Ele vai ficar deprimido, vai odiar você. Um dia vai vê-lo de olhar parado, contemplando o mar... Talvez ainda não, mas não há como escapar.

Alana pensou no assunto. Tinha visto Murrin tarde da noite, quando ele pensava que ela estava dormindo. Estava de olhos perdidos ao longe, virado na direção da água, muito embora não pudesse ver o mar do apartamento dela. O olhar saudoso dele era de fazer doer o coração.

— Ele vai começar a ficar com raiva de você em breve. Nós sempre ficamos. — E Vic franziu os lábios, num sorriso sardônico. — Exatamente como você sente raiva de nós...

— Não sinto raiva de Murrin — começou ela.

— Talvez não sinta mais. Mas já sentiu. — E Vic brincou com um dread longo e esverdeado. — Sentiu raiva dele porque ele a capturou. É um destino cruel ser capturado. Minha companheira também sentia raiva de mim... a Zoë... Era esse o nome dela. Minha Zoë...

— Era?

— Desconfio que ainda é. — E ele interrompeu-se, com uma expressão pensativa no rosto. — Só que, depois de certo tempo, nós passamos a sentir raiva de vocês. Vocês nos impedem de termos aquilo de que precisamos: nossa liberdade. Eu não queria sentir raiva da minha Zoë...

Alana pensava em Murrin, sentindo-se preso, zangado com ela, irritado por ela mantê-lo ali em terra. A amargura nos olhos de Vic era algo que ela não queria ver no olhar de Murrin.

— E então, o que devo fazer? — sussurrou ela.

— Uma mortal não pode estar ligada a dois *selkie*s... É só pegar minha pele. Murrin vai se libertar na mesma hora.

— E por que faria isso? Nós, eu e você, vamos passar a estar... — E Alana tentou não estremecer ao pensar em ligar-se a Vic. — Não quero ser... nada sua.

— Não sou seu tipo? — E ele chegou mais perto, tão predador e belo quanto tinha lhe parecido na festa, quando eles haviam se conhecido. — Ahhh, Alana, acho que fiz tudo errado quando a conheci. Quero ajudar Murrin como meu irmão me ajudou. Se não fosse por ele, Zoë e eu ainda estaríamos... atados. Eu nunca mais poderia ir para o mar. Murrin nos desligou.

— É ótimo você querer ajudá-lo, só que *eu não quero me ligar a você.* — E ela reprimiu um novo arrepio ao pensar naquilo, quase sem conseguir.

Vic assentiu.

— Mas isso tem jeito. É apenas um detalhe. Não vou lhe pedir o que Murrin tem com você... Não quero uma esposa. Só que preciso corrigir as coisas. Talvez eu não tivesse lhe dito as palavras certas quando nos conhecemos. Não posso dizer que tenho a mesma *experiência* que Murrin tem com moças mortais, mas...

Alana ficou paralisada.

— Como assim?

— Ora, Alana, não me diga que não sabe que não fomos feitos para ser fiéis. Olha só pra nós. — E Veikko indicou o próprio físico. Aquela sua expressão de autoconfiança havia voltado. — As mortais nunca nos rejeitam. As coisas que vocês sentem quando nos veem... centenas de moças... ele não esteve com *todas*... mas... o que sentem é instinto. Não é amor de verdade; é só uma reação aos feromônios.

Alana hesitou entre o ciúme e a aceitação. Vic não estava lhe dizendo nada que ela já não houvesse pensado. De certa forma era apenas uma versão extrema da lógica por trás da Regra das Seis Semanas.

— *Devo* isso a ele — prosseguiu Vic. — E você não acha que esteja mesmo apaixonada por ele, acha?

Ela não chorou, mas sentiu vontade. Não tinha dito aquelas palavras a Murrin, ainda não, mas tinha pensado no assunto. E era exatamente isso que estava se perguntando. "Será que estou sendo boba? Será que é mesmo verdade?"

Ela havia perguntado a Murrin, mas será que ele estava dizendo a verdade? Será que importava? Se Murrin ia odiá-la com o passar do tempo, ela devia libertá-lo agora. Ela não queria que houvesse ódio entre eles.

Se Vic estava dizendo a verdade, não havia motivo para manter Murrin a seu lado, e havia motivos de sobra para libertá-lo. "E rápido." Ele não podia ser dela para sempre. Aliás, não era mesmo dela. "É só um truque." Ele pertencia ao mar, e com isso vinham os relacionamentos, relacionamentos temporários, com outras moças. "Será que o que estou sentindo é mentira, ou será que Vic está mentindo?" Vic devia estar dizendo a verdade, faria mais sentido. As pessoas não se apaixonavam tão rápido assim... não quebravam todas as suas regras tão facilmente. "É só uma coisa dos *selkies*..." Ela se obrigou a afastar o pensamento daquele turbilhão de emoções e respirou várias vezes para acalmar-se.

— E então, me diga, como faremos isso?

* * *

Murrin encontrou Alana sentada no recife, mas ela não parecia feliz. Parecia que tinha chorado.

— Oi.

Ela olhou para ele, apenas de relance.

— Tudo bem? — Ele achava melhor não sondar muito: ainda achava que ela não o havia aceitado completamente em sua vida.

Em vez de responder, ela estendeu a mão para ele.

Ele se sentou atrás dela, e ela recostou-se no namorado, deixando-se abraçar por ele. As ondas passaram sobre o recife exposto e subiram a laje rochosa onde estavam sentados. Ele suspirou ao sentir o toque da água salgada. Seu *lar*. Não podia imaginar que um dia se sentiria feliz assim: sua Alana e sua água, ao mesmo tempo, contra sua pele.

"Uma perfeição... só que Alana está triste."

— Eu não esperava... amar assim, principalmente tão cedo. Quero que você seja feliz — disse ela. — Mesmo que não seja verdade...

— Mas é — disse ele, tirando o colar de pérolas e pendurando-o no pescoço de Alana. — E estou feliz.

Ela soltou um gritinho de surpresa e passou as pontas dos dedos sobre as pérolas.

— Não posso... — E balançou a cabeça. — Sente saudades?

— Do mar? Está bem aqui.

— Mas sente saudades... de se transformar e ir para lá? Conhecer outras pessoas? — E seus músculos se contraíram entre os braços dele.

— Nunca mais vou me separar de você — disse ele, para confortá-la. Sua mãe costumava olhar o mar como se fosse um inimigo que roubaria sua família se ela não tivesse cuidado. Não era isso o que ele queria. Ele voltou a abraçar Alana. — Estou exatamente onde preciso estar.

Ela assentiu, mas Murrin sentiu as lágrimas da amada lhe molharem as mãos.

Alana pensou muito e decidiu que confiar completamente em Vic seria tolice. Mas ele estava certo: ela precisava deixar Murrin partir antes que ele ficasse com raiva dela por mantê-lo longe do mar. Murrin não estava raciocinando com clareza O encantamento que o fazia precisar ficar perto dela estava impedindo que ele admitisse que sentia saudades do mar. Se ele voltasse para lá... havia *selkie*s que podia conhecer. Mas isso não significava que ela queria arriscar ficar ligada a Vic, portanto ela optou por tentar um plano que tinha criado antes, mas que havia rejeitado por ser muito perigoso.

"E desnecessário, porque o amor havia vencido."

Ele estava dormindo quando ela saiu do apartamento. Ela pensou em se despedir dele com um beijo, mas sabia que iria despertá-lo.

Deixou a porta fechar-se às suas costas; depois, foi andando silenciosamente pela rua e abriu a tampa do porta-malas do carro. Estava ali, a pele dele. Era uma parte dele, tanto quanto a pele aparentemente humana que ela acariciava quando ele se sentava ao lado dela tarde da noite assistindo a filmes antigos com o som bem baixo. Suavemente, ela ergueu a pele aninhando-a contra si, tentando não pensar no quanto era morna, e depois saiu correndo.

Não havia lágrimas nos seus olhos. *Ainda.* Ela iria ter tempo bastante para chorar depois. Primeiro precisava concentrar-se em chegar à praia antes que ele percebesse o que estava fazendo. Ela correu pelas ruas, no dia ainda sem luz. O sol não ia tardar a se levantar, mas estava tão cedo que os surfistas ainda não tinham chegado.

Ela sabia que ele viria em breve. Ia ser obrigado a seguir sua pele já que ela a segurava, mas saber disso não tornava mais fácil apressar-se. Ela sentiu uma necessidade imensa de terminar aquilo antes que ele chegasse, mas ao mesmo tempo sentia desespero.

"É para o nosso bem."

Entrou na arrebentação. As ondas a puxavam para o mar, como estranhas criaturas, tentando fazê-la cair para levá-la para o fundo; as algas deslizavam-lhe pela pele nua, folhas compridas que faziam sua pulsação acelerar-se ao máximo.

"É o melhor para nós dois."

Ele então apareceu. Ela ouviu Murrin chamando-a pelo nome.

— Alana! Pare!

"Ele vai acabar se sentindo deprimido se eu não fizer isso."

A pele ficou pesada nos seus braços; Alana agarrou-a.

Ele surgiu ao lado dela.

— Não...

Ela não ouviu o resto. Deixou as ondas lhe puxarem as pernas, fazendo-a perder o equilíbrio. Fechou os olhos e esperou. O instinto de sobrevivência rompeu qualquer encantamento, e ela conseguiu soltar a pele para poder nadar.

Sentiu que ele estava ao seu lado, seu pelo macio como seda roçando a pele dela, sua pele de *selkie* transformando seu corpo humano em uma foca de pele lisa. Ela acariciou a pele dele e depois nadou para longe, afastando-se do mar aberto para o qual ele se dirigia.

"Adeus."

Alana sentiu um gosto salgado nos lábios ao emergir, sem saber se era o mar ou se eram suas próprias lágrimas.

Ao chegar à praia, parou para vê-lo a distância, longe demais para ouvir sua voz se ela desistisse e lhe pedisse para voltar. Ela não ia fazer isso. Um relacionamento baseado em encantamentos já estava malfadado desde o início. Não era o que ela queria, nem para si, nem para ele. Ela sabia disso, tinha certeza disso, mas saber não aliviava a falta que sentia dele.

"Eu não o amo de verdade. É só um restinho da magia que ficou."

Ela viu Vic observando-a da praia. Ele disse algo que ela não pôde ouvir por causa das ondas, e depois também sumiu. Ambos sumiram, e ela ficou sozinha, reafirmando para si que tinha sido melhor assim, que o que tinha sentido não tinha sido verdade.

"Por que estou sofrendo tanto, então?"

Durante várias semanas, Murrin a observou, sua Alana, sua ex-futura-companheira, na praia, seu ex-lar. Ele não sabia o que fazer. Ela o rejeitara, o devolvera ao mar, mas parecia estar arrependida de ter feito isso.

"Se não me amava, por que está chorando?"

Então um dia ele a viu segurando o colar que ele lhe dera. Sentada na areia, ela passou a mão nas pérolas, com cuidado, com carinho. E chorou durante todo o tempo.

Ele foi até a praia, ao recife onde a havia escolhido, onde tinha observado seus hábitos para tentar encontrar a melhor forma de cortejá-la. Dessa vez foi mais difícil, sabendo que ela conhecia tantos segredos seus e que o havia rejeitado. Na beira do recife, ele saiu da sua Outra-Pele e a escondeu em um buraco sob uma rocha do recife, onde ficaria oculta. Estrelas-do-mar gigantescas prendiam-se ao lado inferior da rocha, e ele se perguntou se ela as teria visto. Seus primeiros pensamentos também costumavam ser sobre ela, seus interesses, seu riso, sua pele macia.

Ela não o ouviu se aproximar. Ele foi até perto dela e parou ao seu lado, fazendo a pergunta que o vinha atormentando.

— Por que está triste?

— Murrin? — perguntou ela, escondendo o colar no bolso e recuando, tendo o cuidado de olhar onde pisava, sem dúvida para evitar a sua Outra-Pele, e em seguida olhando de relance para ele, depois de cada passo.

— Eu libertei você. Vai embora. Some daqui.

— Não. — Ele vinha sonhando em estar assim perto dela desde que tinha sido obrigado a se afastar. Não havia como evitar... ele sorriu.

— Onde está ela? — indagou Alana, ainda olhando freneticamente em volta, para as poças da maré expostas.

— Quer que eu lhe mostre...

— Não! — Ela cruzou os braços sobre o peito e franziu o cenho. — Não quero mais fazer isso.

— Está escondida. Não corre o risco de tocá-la, a menos que me deixe levá-la até o esconderijo. — E aí se aproximou mais de Alana, e ela não recuou dessa vez, mas também não se aproximou dele como ele desejava.

— Você está... hã... sem roupa. — Ela corou, e lhe deu as costas. Depois pegou a mochila e tirou um dos blusões e jeans confortáveis que tinha encontrado num brechó enquanto eles estavam fazendo compras naquela primeira semana. E empurrou as roupas para ele. — Toma.

Sentindo um prazer incomensurável por ela estar carregando consigo as roupas dele, por achar que aquilo certamente indicava que ela tinha esperança de que ele voltasse, Murrin se vestiu.

— Quer dar uma volta comigo?

Ela concordou.

Eles deram alguns passos, e ela disse:

— Você não tem motivo nenhum para estar aqui. Quebrei o encantamento, ou seja lá o que era aquilo. Não precisa mais...

— Que encantamento?

— O que obrigava você a ficar ao meu lado. Vic me explicou. Você pode agora ir encontrar uma fêmea para você no mar. É melhor assim.

— Vic te explicou? — repetiu Murrin. Veikko tinha convencido Alana a arriscar sua própria vida para se livrar de Murrin. Aquilo fez a pulsação do rapaz acelerar-se como acontecia quando ele nadava durante uma tempestade. — E acreditou nele por quê?

O rosto dela voltou a corar.

— O que ele disse?

— Que você ia sentir raiva de mim porque perdeu o mar, e que não podia me dizer isso, e que o que eu sentia era só efeito dos feromônios... como as centenas de outras moças que você... — E aí ficou ainda mais vermelha. — E eu o vi à noite, Murrin. Você estava tão triste...

— ...E agora vivo triste lá, nas ondas, observando você. — Ele a puxou para perto de si, abraçando-a e beijando-a como só haviam se beijado algumas vezes antes.

— Não entendi. — Ela tocou seus lábios com a ponta dos dedos, como se houvesse algo estranho no fato de ele a beijar. — Por quê?

Mesmo os recifes floridos não eram tão deslumbrantemente belos como ela, ali parada, olhando-o com os lábios inchados por tantos beijos intensos, com os olhos arregalados de surpresa. Ele a manteve nos braços, onde era o seu lugar, onde ele queria que ela sempre estivesse, e lhe disse:

— Porque eu te amo. É assim que expressamos...

— Não... o que quis dizer foi... você não é *obrigado* a me amar agora. Eu libertei você. — A voz dela era suave, um sussurro sob a brisa que trazia a maresia.

— Nunca fui obrigado a *amar* você. Simplesmente precisava estar ao seu lado, a menos que recuperasse minha pele. Se quisesse partir, teria acabado encontrando-a.

Alana o observou com uma prudência familiar, mas dessa vez com um novo sentimento: esperança.

— Vic mentiu porque ajudei a companheira dele a se afastar dele. Ela havia adoecido. Ele vivia saindo com outras garotas mortais... e ela estava presa e infeliz. — Murrin desviou o olhar, parecendo envergonhado. — Nossa família não sabe disso. Pode ser que desconfiem, mas Veikko nunca lhes disse, porque precisaria admitir sua crueldade se lhes contasse. Pensei que ele houvesse me perdoado. Ele disse...

— O quê?

— Ele é meu irmão. Eu confiava nele.

— Também confiei. — E ela aproximou-se mais de Murrin e abraçou-o. — Desculpe-me.

— Mais cedo ou mais tarde, nós vamos precisar enfrentá-lo. — Murrin parecia ao mesmo tempo tristonho e relutante. — Mas, nesse intervalo, se ele vier falar com você...

— Você vai saber

— Chega de segredos! — disse ele. Depois a beijou. Seus lábios tinham gosto de mar. Ela fechou os olhos e se permitiu saborear a sensação das mãos dele na sua pele, entregou-se à tentação de lhe passar as mãos sobre o peito. E sentiu a mesma sensação inebriante com a qual sonhava quase toda noite desde que ele tinha partido. Sentiu sua pulsação vibrar como o quebrar das ondas atrás de si quando ele passou a lhe beijar o pescoço.

"Ele é meu. Ele me ama. Nós podemos..."

— Minha linda esposa — sussurrou ele, roçando os lábios contra sua pele.

E com mais do que apenas uma ligeira relutância, ela afastou-se dele.

— Podemos tentar fazer tudo um pouco diferente dessa vez, sabe? Ir mais devagar. Quero que você fique comigo, sim, mas na minha idade não é bom se casar. Eu tenho planos...

— De namorar outras pessoas?

— Não. De jeito nenhum. — E ela se sentou na areia. Quando viu que ele não se mexia, ela estendeu a mão e puxou a dele até ele se sentar também. Depois disse:

— Não quero namorar outras pessoas, mas não estou pronta para me casar ainda. Nem terminei o segundo ano. — E olhou de relance para ele. — Sinto saudades suas o tempo todo, mas não quero me perder para ter você. E quero que você também seja você... Sentiu saudades de se transformar?

— Senti sim, mas vai ficar mais fácil com o tempo. É assim mesmo.

Murrin parecia estar muito calmo. E embora Alana soubesse que Vic mentira sobre muitas coisas, também sabia que sobre isso ele não tinha precisado mentir. A tristeza que tinha visto no rosto de Murrin quando o viu contemplando a água não era apenas imaginação dela.

E então Alana perguntou:

— Mas e se você pudesse ter a mim e ao mar ao mesmo tempo... Nós poderíamos... ser namorados. Você ainda poderia ser quem é. Eu poderia continuar indo à escola... e, hummm, entrar na faculdade.

— Você seria só minha? E eu poderia voltar ao mar? Ela riu da desconfiança dele.

— Você sabe que ir ao mar não é o mesmo que andar com outra menina, não sabe?

— E onde está o sacrifício?

— Não há sacrifício algum. Só paciência, confiança, e não precisarmos deixar de ser quem somos. — Ela aconchegou-se a ele, deixando-o abraçá-la, e ficou onde podia encontrar a mesma paz e o mesmo prazer que o mar sempre tinha lhe dado.

"Como eu pude ter pensado que seria melhor nos separarmos?"

Ele então sorriu.

— Temos um ao outro. Eu fico com o mar, e você precisa ir à escola? Parece que fico com tudo, e você...

— E eu também. Você e o tempo para fazer as coisas que preciso fazer para poder ter uma profissão um dia.

Ela tinha quebrado sua Regra das Seis Semanas, mas ter um namorado firme não queria dizer que ela teria que desistir de ter um futuro. Com Murrin, ela podia ter as duas coisas.

Ele estendeu a mão e tirou o colar do bolso dela. Com um olhar solene, prendeu-o ao redor do pescoço da namorada.

— Eu te amo.

Ela o beijou de leve, só roçando ligeiramente os lábios nos dele, e respondeu:

— Eu também te amo.

— Chega de Outra-Pele e encantamentos — recordou-lhe ele.

— Só nós dois — disse ela.

E essa era a melhor das magias.

Este livro foi composto na tipologia Sabon LT Std,
em corpo 11,5/16,3, e impresso em papel offwhite 80g/m²,
no Sistema Cameron da Divisão Gráfica
da Distribuidora Record.